강준현 장편 소설

FUSION FANTASTIC STORY

개척자

Pioneer

개척자 1

강준현 장편 소설

초판 1쇄 찍은 날 § 2015년 1월 22일
초판 1쇄 펴낸 날 § 2015년 1월 29일

지은이 § 강준현
펴낸이 § 서경석

편집부장 § 권태완
편집책임 § 박용서

펴낸곳 § 도서출판 청어람
등록번호 § 제387-1999-000006호
등록일자 § 1999. 5. 31
어람번호 § 제1-2035호

주소 § 경기도 부천시 원미구 부일로 483번길 40 서경B/D 3F (우) 420-822
전화 § 032-656-4452 팩스 § 032-656-4453
http://www.chungeoram.com
E-mail § chungeorambook@daum.net

ISBN 979-11-04-90077-8 04810
ISBN 979-11-04-90076-1 (세트)

강준헌 장편 소설

FUSION FANTASTIC STORY

개척자 ①

Pioneer

CONTENTS

프롤로그

말엔 힘이 있다.

그것이 어떤 것에 대한 소망이든 남에게 내리는 저주이든 누군가를 위한 바람이든 입에 되뇌다 보면 이루어지는 경우가 있다.

한 노년의 과학자가 거대한 기계 앞에서 무언가를 중얼거리고 있었다.

아주 작고 빠른 말이라 알아들을 수 없지만 같은 말을 반복하고 있음은 알 수 있었다.

어떤 종교의 기도문일까? 아님 그가 갈망하는 소원일까?

그는 커다란 버튼에 손을 올린 채 눈을 감고 중얼거리고 또 중얼거렸다.

"부탁한다……."

앞에 있는 거대한 기계에게 하는 말치곤 너무 따뜻하고 정이 담긴 말이었다.

노년의 과학자는 가볍게 떨리는 손을 바라보다가 다시 기계를 바라보면서 손에 힘을 줬다.

우우우우우우웅!

파란색 버튼이 빛을 냄과 동시에 기계는 긴 숨을 토해내듯이 동작하기 시작했다.

그리고 그는 다시 뭔가를 중얼거렸다.

무릇 정자와 난자가 만나는 순간 인간의 생명은 시작된다.

물론 정자와 난자도 생명이라 할 수 있지만 그렇게 생각하는 사람들은 많지 않다.

존재의 시작이 탄생이라면 삶의 시작은 '이름'을 갖는 것으로부터 시작이다.

인간이 태어나 이름을 동사무소에 등록하면 사회 구성원으로 인정받는 것처럼 말이다.

지금 한 존재가 탄생을 했다.

인간과 달리 훨씬 이전부터 있었지만 그때는 아무것도 아닌 그저 차가운 금속에 불과했다.

그리고 '이름'을 부여받는 순간 삶을 시작했다.

하지만 아무도 몰랐다.
'이름'을 부여받는 순간 삶을 시작한 존재 속에 새로운
'무엇'이 탄생하고 존재하게 되었음을…….

1장

의문

'또… 인가?'

잠에서 깬 순간 준영은 양옆에서 느껴지는 부드러운 살의 감촉에 눈을 뜨기도 전에 어젯밤에도 몽유병이 일어났음을 깨달았다.

대략 세 달 전부터 시작된 몽유병은 거의 삼 일에 한 번 일어나고 있었다.

처음 일이 발생했을 때는 그저 술에 취해 정신을 잃은 상태에서 벌인 일이라 생각했다. 하지만 계속 반복되었고 치료를 위해 병원을 찾았다.

하지만 의사와 상담도 해보고 최면 치료와 병행해 약까지

복용했지만 원인은 밝히지 못했다.

눈을 뜨고 상체를 일으킨 준영은 기억나지 않는 어젯밤을 떠올리며 가볍게 인상을 썼다.

잘 때 몸부림이 심해 마련한 큰 침대에 중요 부위만 이불로 가리고 있는 세 명의 여자가 자고 있었기 때문이다.

"쯧!"

아무리 몽유병이라고 해도 세 여자와 밤을 보내다니 평소 그라면 상상도 못 할 짓이었다.

그라고 여자를 멀리하는 건 아니었다.

평생 펑펑 써도 다 못 쓸 돈과 대기업의 회장이라는 타이틀을 가진 것도 모자라 조각과 같은 외모까지.

모든 걸 가진 터라 주변에 여자가 들끓었고 자연 밤마다 아름다운 아가씨들과 로맨스를 즐기고 있었다.

하지만 로맨스를 즐기는 거지 결코 난잡함을 즐기는 건 아니었다.

"일어나셨습니까?"

가운을 입고 방을 나서자 집사가 인사를 한다.

그리고 그의 손짓에 하녀가 꿀물이 든 잔을 준영에게 내민다.

꿀물을 마시고 컵을 쟁반에 올리자 하녀는 물러갔다.

"어떻게 된 거죠?"

준영은 어젯밤 일을 집사에게 물었다.

치료가 되지 않는다고 손을 놓고 있을 순 없었기에 자신의 일거수일투족을 감시하라는 명을 내려놓은 그였다.

"그게, 그러니까……."

집사는 어젯밤 그의 주인이 한 행동이 떠올랐다.

꽤나 민망한 내용이라 말을 할까 말까 망설이다 말을 꺼냈다.

"주무신다고 방에 들어가신 후 얼마 되지 않아 다시 옷을 차려입고 나오셨습니다. 암구호를 물었지만 몰랐기에 몽유병이 시작되었다는 걸 알고 명령대로 경호원들을 움직였습니다."

준영은 몽유병이 일어나는 패턴을 분석했다.

그래서 눈을 감았다 조금 후에 눈을 뜨면 무조건 암구호를 물어보도록 측근들에게 말해둔 상태였다.

몽유병에 걸린 상태에서도 평소 준영처럼 행동했기에 구분을 짓기 위해 취한 조치였다.

"그리고 경영 중이신 연예 기획사에 전화를 하셔서 소속 연예인들 중 여자들만 모두 모이도록 했습니다. 그리고……."

"됐어요."

준영은 더 이상 들을 필요가 없었다.

집사의 뒷얘기는 듣지 않아도 충분히 상상이 갔다.

'침대에 셋만 있는 게 다행이라면 다행인 건가?'

"안에 있는 이들은… 원하는 게 있으면 그대로 하게 해줘요."

몽유병 상태라고 해도 자신이 한 행동인 것이 분명했기에 책임을 회피할 생각은 없었다.

"알겠습니다."

"그리고 오늘 암구호는 '와인은 어떤 걸로 준비할까요.', '막걸리' 로 하죠."

"그렇게 전하겠습니다. 참, 하트홀릭이 콘서트 티켓을 보내왔습니다."

하트홀릭은 록 밴드였는데 연예 기획사를 만든 이유가 그들 때문일 정도로 광적으로 좋아했다.

"고맙다는 말은 제가 하죠. 혹 필요한 게 있다면 집사가 챙겨줘요."

"그렇게 하겠습니다."

집사와 애기를 마친 뒤 자신이 사용하는 방들 중 샤워실이 있는 방으로 향했다. 방금 전 있던 방에서 샤워를 하다 그녀들이 깨면 할 말이 없었기 때문이다.

준영의 일과는 바빴다.

워낙 글로벌 한 기업의 오너이다 보니 아침 일곱 시부터 결재와 중역 회의만 해도 퇴근 시간이 되기 일쑤였다.

특히 몽유병에 걸린 다음 날의 경우 컨디션 난조 때문인지 몰라도 일을 채 반도 하지 못했다.

막 해외 지점 사장단들과 화상회의를 마친 준영은 두 손으로 관자놀이를 꾹꾹 누르며 중얼거렸다.

"다시 치료를 받든가 해야지 아무래도 이대론 안 되겠어."

이번엔 셋이었지만 다음엔 방 전체에 여자가 누워 있을 것 같다는 예감을 지울 수가 없었다.

게다가 상류사회에 소문이라도 나면 그땐 충분히 매장당할 수 있다는 위기감에 다시 병원을 찾기로 마음을 먹는 준영이었다.

비서실 인터폰을 누른 준영이 말했다.

"내일 스케줄은 모두 비워둬. 그리고 대한병원 김 박사님께 전화해. 내일 찾아간다고 말하고."

―알겠습니다, 회장님. 한데 김 박사님이라면 어느…….

어리바리한 비서의 말에 짜증이 난 준영의 목소리는 자연 커질 수밖에 없었다.

"정신과 김철호 박사님!"

―아……! 네네, 아, 알겠습니다.

"에휴~"

인터폰을 끊은 준영은 의자에 몸을 기대며 한숨을 쉬었다.

원래 똑소리 나게 일 잘하는 여비서가 있었다.

미인에 능력까지 좋아 꽤나 아끼던 유능한 사원이었다. 한데 늦게까지 회사에서 일하던 날 몽유병이 찾아온 것이다.

아침에 일어나 사무실 소파에서 같이 헐벗고 있는 그녀를 봤을 때 얼마나 놀랐던지…….

비서와 잤다는 것에 놀란 것은 아니었다.

그녀는 유부녀였다.

다행히도 그녀는 준영을 어느 정도 마음에 두고 있었기에 그날 밤의 일을 비밀로 해줬다.

하지만 관계가 서먹서먹해지는 건 어쩔 수 없었다. 몽유병에 걸린 준영은 그녀를 탐했을지 모르지만 깨어 있는 준영에게 그녀는 쓸 만한 비서 이상은 아니었다.

결국 그녀와 합의하에 계열사의 부사장으로 발령 냈다.

그리고 비서를 다시 뽑았는데 평범 이하의 미모를 기준으로 뽑아야 했다.

"어서 오시게, 안 회장."

"그동안 잘 지내셨어요, 삼촌. 그리고 안 회장이라 부르지 말라니까요."

"허허허! 병원에 막대한 금액을 지원해 주는 사람에게 어떻게 막 대하겠나?"

"그럼 지원을 끊어야겠네요?"

"쩝! 장난도 못 치겠군."

올해 쉰다섯인 김철수 박사는 준영의 아버지와 호형호제하던 사이였다. 그리고 준영은 삼촌이라 부르며 컸기에 지금도 삼촌이라 부르고 있었다.

"몽유병 때문에 왔냐?"

"네."

"더 심각해졌구나?"

"어떻게 아셨어요?"

"치료할 방법이 없다니까 다음 날부터 안 나오던 녀석이 다시 온 걸 보면 뻔하지."

"역시 삼촌은 의사보다 점집을 했어야 한다니까요. 그랬으면 지금쯤 저보다 부자일걸요."

"점도 통계학이고 심리학도 통계학이 포함되어 있어서 그런 것뿐이다."

"제 말이요. 그러니까 더욱 더……."

"헛소리 말고 증상이나 말해!"

"환자를 편안하게 해주지는 못할망정… 알았어요. 말한다고요!"

장난스럽게 말하던 준영은 김철호 박사의 눈꼬리가 올라가자 하던 말을 멈추고 자신이 겪었던 일을 숨김없이 말했다.

"좋았겠네?"

"생각이라도 나야 좋은지 나쁜지 알죠. 그런데 지금 말하신 게 의사로서의 고견인가요?"

"하여간 한마디도 안 지는구나."

"어린 시절부터 누군가에게 당하다 보니 이렇게 됐네요."

"큭! 내가 말을 말아야지. 자! 여기다 방금 말한 거 날짜별

로 쭉 적어봐. 머리 좋은 놈이니까 다 기억하고 있겠지?'

김철호 박사는 빈 A4 용지를 준영의 앞으로 민다.

"왜요?"

"닥치고 적지?'

준영은 김철호 박사의 태도에 장난기가 없는 걸 보고 세 달 동안 일어났던 일들을 날짜와 시간별로 적었다.

패턴을 알아보기 위해 이미 해봤던 것이라 꽤나 깔끔하게 정리할 수 있었다.

다 적자 뺏듯이 종이를 채간 김철호 박사는 내용을 훑어보며 입을 열었다.

"네가 병원에 안 나온 다음에도 나름 조사를 해봤다. 그리고 한 가지 패턴을 발견했지. 물론 그때는 한 달도 되지 않은 자료라 발견하기 쉽지 않았고 긴가민가했는데 이제 보니 확실히 알겠구나."

"오! 뭔가를 발견하셨나요?"

준영은 반색을 하며 물었다.

"자, 여길 봐라. 삼 일에 한 번씩 규칙적으로 몽유병이 발생하지?'

"그건 저도 이미 파악했어요. 역시 돌팔……."

"쓰읍!'

"네네, 계속 말씀하세요."

"삼 주 차 주말마다 역시 몽유병이 발생해. 한데 토요일,

일요일 날의 몽유병은 불규칙하지. 하루 종일 몽유병 상태일 때도 있고 단 몇 시간일 때도 있고. 그렇지?"

"네, 그런데 이게 도움이 되나요? 전 아무리 봐도 모르겠던데요."

"그건 네가 '너의 몽유병'이라고 생각해서 그래. 자, 다시 봐."

어린 시절부터 천재라고 소문난 준영은 10개 국 언어를 모국어처럼 말할 수 있었고 아기 때 먹은 모유의 맛을 기억할 만큼 기억력이 좋았다.

준영은 김철호 박사의 말을 바로 이해했다.

자신에게 일어나는 일이 몽유병이라는 생각을 지우고 오로지 패턴만을 봤다.

그러자 패턴에서 전혀 다른 것이 보였다.

"아!"

"뭐가 보이냐?"

"토요일 날 오전 근무를 하는 사원들의 근무시간요. 3배수를 줄이면 딱이군요!"

"딩동댕! 나 역시 그렇게 생각했다."

"그런데 그게 제 몽유병하고… 아! 몽유병이 아닌 거군요?"

"응, 몽유병이 아냐."

"몽유병이… 아니면 뭐예요?"

준영은 말을 하다 보니 번뜩하고 떠오르는 게 있었다. 하지만 그게 끝이었다.

몇 가지 생각이 들었지만 상상하기에도 싫은 것들이었기에 머릿속에서 지우며 김철호 박사에게 물었다.

"누군가가 너에게 들어오는 거야."

"……."

"네가 정한 암구호를 모른다고 했지? 당연히 모르지. 몽유병이라 해도 그걸 정한 당사자가 모른다는 건 가능성이 희박해. 모르는 게 아니고 네가 아니니까 모르는 거야."

"꿈속에서 일어났으니까 모, 모를 수도 있죠."

준영은 부정을 했다.

말도 안 되는 일이었고 정말 누군가가 그런 능력이 있다면 너무나 끔찍한 일이었기 때문이다.

하지만 머리 한구석에선 '맞다' 라는 생각이 스멀스멀 영역을 확장하고 있었다.

김철호 박사는 준영의 혼란스러운 마음을 다시 흔들기 시작했다.

"섹스 패턴에서도 그래. 예를 들어 비서와의 일을 생각해 봐. 네 타입이 아니고 여자로써 전혀 마음에도 없었다고 했잖아? 그런데 잤어. 혹시 유부녀라는 생각에 마음이 동한 적이라도 있었나?"

"없었어요! 절 어떻게 보고……."

"그래! 그거야! 무의식적으로 그런 마음이 있었다면 설명이 돼. 꿈이란 현실의 반영이라고도 볼 수 있으니까. 즉 네가 평소 성격상 못 하는 걸 몽유병 상태에서는 할 수 있어. 억압된 걸 표출하려는 거지. 한데 내가 볼 때 넌 성적으로 억압되어 있지 않아. 만일 여인의 가슴에 집착한다면 이해할 수 있어. 어머니에 대한 애정을 그리워한다는 거니까. 너와 잤던 아가씨들의 가슴이 다 컸냐?"

준영은 마치 무엇에 홀린 듯 고개를 절레절레 저었다.

어제 아침에 본 연예인들의 가슴은 보통보다 작았기 때문이다.

김철호 박사의 말은 계속됐다.

사실을 말하려는 건지 세뇌시키려는 건지 모를 정도로 몽유병이 아닌 다른 영혼이 빙의된 것임을 강조했다.

결국 준영은 다른 영혼의 빙의을 인정했다.

세 달 동안 일어난 일을 반추해 봐도 몽유병보다는 훨씬 더 설득력이 있었다.

"…삼촌 말이 맞는다고 쳐요. 그래서 치료법은요?"

"없어."

빠직!

분노 게이지가 순간 한계치를 넘었다.

"그럼 저한테 일어나는 일이 몽유병이든 빙의든 아무런 상관이 없잖아요! 내 두 번 다시 이 문제로 삼촌을 찾아오면 안

준영이 아니라 개준영이다. 개준영!"

준영은 자리에서 박차고 일어나 문으로 성큼성큼 걸어갔다. 그러나 김철호 박사의 다음 말에 멈춰야 했다.

"내가 무슨 퇴마사냐? 치료법은 없지만 그렇다고 완전히 방법이 없는 건 아니지."

"…이번에도 절 놀리시는 거면 지원은 정말 끊겠습니다, 삼! 촌!"

"승질머리 하곤. 앉아! 설명해 줄 테니까."

준영은 퇴마사를 찾는 게 빠르지 않을까 생각하다 결국 슬그머니 다시 자리에 앉았다.

"너, 자각몽이라고 들어봤냐?"

"대충요. 꿈임을 자각하고 꿈속에서 자신이 원하는 대로 할 수 있다는 그런 거잖아요."

"뭐, 그런 거지. 그런데 자각몽이라는 것이 자기최면과 같은 거야. 자면서 같은 상상을 계속하면 유사한 꿈을 꾸고 그것이 반복되다 보면 자신이 꿈속에서 뭔가를 할 수 있게 되는 거지."

"그거 잠이 어설프게 든 상태잖아요. 전 지금까지 한 번도 꿈을 꿔본 적이 없어요."

"진짜?"

"네."

"의식을 하지 않아 그렇게 느끼는 거야. 오늘부터 의식을 하면 꿈을 꿀 거야. 아, 그건 나중 문제고. 일단 오늘부터 '내 머릿속에 누군가가 들어온다. 그를 느껴봐야지.' 하는 생각을 하며 잠들어라. 그러다 보면 어느 순간 보게 될 거다."

준영은 정말 어이가 없었다.

김철호 박사가 정색한 채 말하지 않았다면 정말 지원금을 끊었을 것이다.

어디까지 가나 한번 보자는 심정으로 어이없음을 숨기고 물었다.

"그래서 보게 되면요?"

"그를 잡아."

"하아, 자각몽이니 잡을 수는 있겠네요. 그래서요? 다음부터 들어오지 말라고 협박이라도 할까요?"

"그래 보든지."

"네?"

"아까도 말했잖아. 난 퇴마사가 아니라고. 아니다, 내 생각에는 그냥 죽이는 게 좋겠다."

더 이상 들을 가치도 없었다.

"저, 가요!"

쾅!

대답도 듣지 않고 문을 박차고 나가는 준영.

김철호 박사는 그런 준영의 뒷모습을 보면서 묘한 웃음을 짓고 있었다.

　　　　　*　　　*　　　*

　집으로 돌아온 준영은 병원은 잘 다녀왔느냐는 집사의 물음에 김철호 박사의 흉을 보며 화를 냈다.

　하지만 하지 말라고 하면 더 하고 싶어지는 것이 사람의 심리다.

　침대에 누운 준영은 치료에 도움이 되지 않을 것이라 생각하면서도 어느새 김철호 박사의 말처럼 자각몽을 꾸기 위해 노력하는 자신을 발견했다.

　덕분일까? 난생처음 꿈이라는 걸 꾸게 된 준영이었다. 하지만 수를 셀 수 없을 만큼 많은 개 떼가 넓은 들판을 가로지르는 개꿈이었다.

　"젠장! 망할 노인네 같으니라고!"

　상쾌한 아침을 걸쭉한 욕으로 시작하는 그였다.

　준영은 투덜거리면서도 자각몽을 꾸기 위해 노력했다. 하지만 쉽지 않았다.

　여전히 삼 일에 한 번 몽유병인지 빙의인지를 겪었고 정신을 차릴 때마다 둘 혹은 셋이나 되는 여자들과 같은 침대에 누워 있는 자신을 발견했다.

　자각몽을 꾸기 위한 노력만 한 것은 아니었다.

　퇴마사를 고용해 퇴마 의식을 해보기도 했고 용한 무당에게 굿을 받고 침실을 부적으로 도배하다시피도 했지만 결과는 마찬가지였다.

김철호 박사를 만나고 온 지 석 달이 넘게 지났다.

"오늘이 그날인가? 후우~"

벽에 달린 전자 달력을 보던 준영은 가볍게 한숨을 쉬고 베개에 머리를 묻었다.

준영은 거의 포기 상태였다.

되지도 않는 일에 더 이상 심력을 낭비하기도 싫었다. 그저 빙의한 놈이 더 이상 막장으로 가지만 않았으면 하는 바람만 가지고 눈을 감았다.

자각몽을 꾸기 위한 노력이 습관처럼 되어버린 준영은 '꿈은 조절할 수 있다.' 는 말을 속으로 중얼거리다 잠이 들었다.

'응?'

준영은 눈을 떴다.

이상함을 느끼고 주위를 둘러본다. 침대를 제외하곤 아무것도 없는 회색의 공간.

꿈속임을 바로 알아차렸다.

'성공인가!'

기쁨에 두 손을 불끈 쥐며 소리를 쳤지만 그 느낌이 희한했다.

자신이 뱉은 말이 귀로 들리는 것이 아니라 머릿속으로 바로 전달되는 묘한 느낌이었다.

침대에서 내려온 그는 회색의 공간을 폴짝폴짝 뛰어보았다. 역시나 묘한 느낌이었지만 차츰 그 느낌에 익숙해졌다.

'무얼 해야 하지?'

막상 자각몽을 꾸었지만 이제부터 무얼 해야 할지 고민이 되었다.

'어두워.'

회색의 공간이 싫다는 거의 무의식적인 생각이었다.

그 순간 세상은 밝아졌다.

'오호!'

신기함에 감탄사를 표한 준영은 문득 꿈속에서는 신적인 존재가 된다는 김철호 박사의 말을 떠올렸다.

'날 수 있을까?'

생각과 동시에 땅을 박찼고 몸은 순식간에 하늘을 향해 치솟았다.

한데 백 미터 정도 높이까지 올라갔던 그의 몸은 서서히 느려졌다.

'더! 더!'

준영은 구름 위까지 올라가고 싶었다. 그러나 그의 바람과는 달리 몸은 서서히 아래로 떨어졌고 어느새 바닥에 닿았다.

몇 번을 반복해 더 높이 뛸 수는 있었지만 구름 위까지 뛸 수도, 하늘을 날지도 못했다.

'불가능하다는 생각이 날지 못하게 하는 거군.'

준영은 왜 날지 못하는지 금세 깨달았다.

중력이 존재하고 있음을 '알고' 인간은 날지 못한다는 것을 '알고' 있었기 때문이었다.

하지만 깨달았다고 구름 위까지 뛰거나 하늘을 날 수는 없었다. 무의식적으로 알고 있는 고정관념은 상상보다 힘이 강했다.

하늘을 날기 위해 자각몽을 꾸길 바란 것이 아니었기에 몇 번 더 뛰던 준영은 결국 포기를 했다.

그리고 주위를 돌아보던 그는 아까와는 전혀 다른 공간에 와 있음을 알게 되었다.

칙칙한 어둠 속에 기암괴석이 가득한 곳이었다.

알 수 없는 오싹함에 준영은 자신의 침실을 생각했다. 순식간에 배경은 현실의 침실과 똑같이 바뀌었다.

준영은 침대에 걸터앉아 이제부터 어떻게 해야 될지를 생각해 본다.

'꿈은 꿈인가 보네.'

심한 감기에 걸려 독한 약을 먹었을 때처럼 몽롱한 정신 상태라 현실에서처럼 빠릿빠릿하게 생각을 할 수가 없었다.

다만 멍하니 앉아 석 달 만에 들어온 자각몽의 세계에 자신의 정신세계를 침범하는 이가 나타나길 바라며 기다렸다.

시간이 얼마나 지났을까. 갑자기 침실 전체가 흔들리기 시작했다.

'뭐, 뭐야?'

갑작스런 변화에 준영은 침대에서 벌떡 일어났다.

그리고 잠시 후 침실의 어느 한곳의 공간이 쫙 갈라지며 블랙홀 같은 것이 생겨났다.

준영은 혹시나 하는 마음에 바짝 긴장한 채 검은 공간을 바라보았다.

그때 검은 공간에서 투명한 무언가—공간의 일렁임으로 알아볼 수 있었다—가 검은 공간에서 튀어나왔다.

'놈이다!'

투명한 무엇은 검은 공간에서 나오자 차츰 사람의 형태로 바뀌어갔다.

준영은 그것이 자신을 괴롭히던 범인임을 확신했다.

어떻게 해야 할지 잠시 고민하던 준영은 김철호 박사가 장난처럼 말했던 것이 기억나 바로 몸을 날려 아직까지 사람 형태로 완전히 변하지 않은 투명한 무엇을 와락 껴안았다.

'잡았다, 이놈!'

말랑말랑한 젤리 같은 느낌의 무엇은 워낙 꽉 붙들어서인지 꼼짝도 하지 않았다.

'너, 누구냐! 도대체 왜 내 정신에 들어오는 거지!'

소리를 바락바락 지르며 물었지만 말을 할 수 없는 건지 들리지 않는 건지 아무런 대답이 없었다.

'아무것도 아닌가?'

준영은 투명한 무엇이 자신의 상상으로 만들어진 결과물일 수도 있다는 생각이 들었다.

그때 투명한 무엇이 말을 했다.

[어, 왜 안 들어가? 렉인가?]

준영은 이해할 수 없는 말을 하는 무엇에게 큰 소리로 외쳤다.

'무슨 말이지?'

[으으~ 이 고물!]

'무슨 말이냐고! 똑바로 얘기해!'

[휴우~ 짜증 나.]

준영은 투명한 무엇이 자신의 소리는 듣지 못하고 혼잣말을 하고 있음을 알게 되었다.

그리고 꽉 잡고 있던 무엇이 작아지며 그의 손을 벗어나 검은 공간으로 쏙 하고 다시 들어가 버렸다. 그와 함께 검은 공간은 언제 있었냐는 듯 사라져 버렸다.

'......'

준영은 어정쩡한 자세로 멍하니 검은 공간이 사라진 곳을 바라볼 수밖에 없었다.

준영은 곧 정신을 차렸다. 그리고 방금 있었던 일을 곰곰이 되짚어봤다.

'투명한 무엇이 내 정신에 빙의하는 범인이 맞다면 난 범인을 볼 수 있고 잡을 수 있지만 그는 날 보지도 못하고 느끼지 못한다는 건데……'

워낙 짧은 순간에 일어난 일이라 정보가 부족했지만 몇 가지 가설은 세울 수 있었다.

한참 생각하는데 다시 침실이 흔들리며 검은 공간이 열렸다.

그리고 투명한 무엇이 그 속에서 다시 나왔다.

'어떻게 한다?'

사람 형태로 변해가는 모습을 지켜보며 준영은 다시 잡을지 일단 두고 볼지를 고민했다.

고민하는 시간이 약간 길어지자 사람 형태가 완성되었고 불투명해지며 또렷해지기 시작했다.

'나? 어, 근데 왜 이러지……?'

완전히 또렷해지지 않았지만 누구라는 걸 금방 알 수 있었다. 한데 무엇이 또렷해짐과 동시에 준영의 정신은 점점 아득해졌다.

그리고 무엇이 준영의 모습으로 완벽하게 바뀌는 순간 그는 정신을 잃었다.

한 번 성공해서인지 다음 날부터 자각몽으로 들어가는 건 너무나도 쉬웠다.

자연 준영은 삼 일에 한 번 들어오던 범인과 매번 만났고 여러 가지 방법으로 놈을 막기 위해 혹은 김철호 박사의 말처럼 제거하기 위해 노력했다.

 하지만 꿈속이라 그런지 한계가 있었다.

 결국 준영은 김철호 박사를 다시 찾아가야 했다.

 "그러니까 놈을 잡을 수 있는 방법을 가르쳐 달라는 말이지?"

 "네."

 "죽이려고 해봤냐?"

 "당연하죠. 꿈속에서 칼을 만들어 찌르기도 해보고 잘라보기도 했지만 놈은 전혀 느끼지 못했어요."

 "음, 안전장치 때문인가?"

 "네? 뭐라고 하셨어요?"

 김철호 박사가 작은 소리로 말했기에 준영은 제대로 들을 수가 없었다.

 "아니다. 그 외에 다른 방법은 써봤어?"

 "총을 만들어 쏴보기도 했고, 그물을 만들어 던져 보기도 했어요. 한데 잡는 것을 제외하곤 어떤 방법도 소용이 없었어요. 그리고 투명한 것이 내 형체로 변하면 무조건 전 정신을 잃게 되더라고요."

 준영의 말을 들은 김철호 박사는 두 손을 턱에 괸 채 생각에 빠졌다.

"좋은 생각이라도 났어요?"

"조용히 해봐. 아직 생각 중이잖아."

"이상한 소리 하실 거면 하지 마세요. 정 안 되면 매일 밤이라도 놈을 붙잡고 놔주질 않으면 되니까요."

준영은 다른 방법이 없으니 들어올 때마다 꽉 붙잡고 놓아주지 않았다. 그랬더니 놈은 대여섯 번 정신으로 들어오려다 되지 않으니 들어오는 걸 포기를 했었다.

다른 방법이 없다면 자각몽을 원할 때 꿀 수 있으니 이 방법으로 영원히 못 들어오게 할 생각이었다.

"확! 이 녀석을……."

손을 들어 머리를 때리려 했지만 준영은 이미 예상을 했는지 고개를 멀찌감치 빼고 있었다.

빈 허공을 때린 김철호 박사는 아쉬웠는지 입맛을 다시며 입을 열었다.

"자각몽을 못 꾸게 되면 어쩌려고?"

"이젠 매일같이 돼요."

"어느 날 갑자기 됐으면 어느 날 갑자기 안 될 수도 있는 거야. 그러니 근본적으로 해결하는 게 제일 좋은 방법이지."

"하여간 재수 없는 말만……."

퍼억!

이번엔 방심하다 제대로 꿀밤을 맞는 준영이었다.

제대로 피했다고 생각했는데 왠지 김철호 박사의 손이 늘어난 것 같았다.

착각이리라.

"아야! 으~ 그럼 방법을 말해봐요. 방법을!"

"이제부터 말해줄 테니 잘 들어라! 붙잡을 수 있다는 건 물리적으로 피해 또한 줄 수 있다는 거야."

"저도 그렇게 생각해 보지 않은 건 아니에요. 한데 어떻게요? 제가 그랬잖아요. 웬만한 방법은 다 사용해 봤다고요."

맞은 게 억울했던지 준영은 투덜거리는 말투로 김철호 박사의 말을 반박했다.

"정신 집중은?"

"무기를 만들 때 정신 집중을 해야 만들어져요. 처음에 만들 땐 만들다가 잠이 깰 정도였다니까요."

"내 말은 그게 아니잖아!"

"그럼요?"

"찌를 때 말이다. 찌를 때! 그때 정신 집중을 하고 찔렀냔 말이다."

"글쎄요?"

준영은 곰곰이 생각해 봤지만 딱히 집중해서 찌른 것은 아니었다고 생각됐다.

꿈이라고는 하지만 범인을 죽여야겠다는 마음으로 찌르는 건 왠지 꺼림칙했다.

어느 정도 가능성이 있다는 생각에 준영은 장난을 거둬내고 진중하게 물었다.

"가능성이 있을까요?"

"십 퍼센트쯤."

"그럼 해봐야겠네요."

"안 될 수도 있다."

"어차피 다른 방법이 없으니까요."

준영이 비록 초식동물처럼 살아가고 있었지만 결코 육식을 못 하는 건 아니었다.

일단 마음을 먹으면 어떤 육식동물보다 더 사납고 강하게 변할 수 있는 것이 그가 세계적인 그룹을 만들 수 있었던 비결이었다.

"실패하면 다시 올 테니 다른 방법 좀 생각해 둬요."

"내가 그리 한가한 사람처럼 보이냐?"

"예!"

준영은 생각할 것도 없이 답하곤 김철호 박사의 주먹질을 피해 재빨리 문밖으로 도망쳤다.

2장

개꿈

김철호 박사와 상담을 마친 준영은 회사로 돌아가지 않고 바로 집으로 향했다.

　딱히 오늘 밤 있을 빙의 현상에 대해 준비할 것은 없었지만 오늘은 해결을 보겠다는 의지를 흐트러뜨리기 싫어서였다.

　든든하게 저녁을 먹고 적당히 술을 몇 잔 하며 빙의 현상이 일어날 시간이 다가오자 자리에 누웠다.

　그리고 혼잣말을 중얼거리며 눈을 감았다.

　"오늘은 절대 도망 못 간다!"

　잠이 들어 자각몽 상태로 들어온 준영은 날카롭고 긴 사시미 칼을 만들어 손에 쥔 채 검은 공간이 나타나길 기다렸다.

준영은 모르고 있었지만 오늘따라 집중력이 높아졌는지 손에 쥔 칼이 유난히 번뜩이고 있었다.

침실이 흔들렸다.

'왔군!'

준영은 침대에서 일어나 막 벌어지고 있는 검은 공간을 향해 걸어갔다.

검은 공간에서 투명한 원형이 나와 차츰 사람 형태로 변해 갔다. 잡기에 적당한 크기가 되었을 때 와락 움켜잡으며 소리쳤다.

'잡았다, 요놈! 오늘은 본때를 보여주마!'

지금까지 그래왔듯이 당연히 듣지 못할 것이라 생각하고 소리쳤는데 예상과는 달리 범인은 반응을 보였다.

[헉! 뭐, 뭐야?]

뜻밖의 반응에 강하게 찌르려고 했던 준영의 손이 멈췄다.

집중하고 있어서일까, 지금까지와 범인의 반응은 확실히 달랐다.

사람의 형태로 바뀌어가던 투명한 무엇이 준영의 손을 벗어나려는 듯 꿈틀거렸고 말까지 통하고 있었다.

'넌 누구냐? 누군데 자꾸 내 몸에 들어오는 거지?'

[우왁! 도, 도, 도대체 어떻게 된 거야? 귀, 귀, 귀신인 건가? 으악! 저리 가!]

범인은 패닉 상태에 빠졌는지 벗어나려는 움직임이 커졌다.

준영은 벗어나려는 범인을 더욱 강하게 껴안았다.

'어딜! 말해! 넌 누구냐!'

[버, 버근가? 너, 넌 뭐지?]

'버그? 무슨 헛소리야! 네놈이야말로 버그지. 왜 날 괴롭히는 거지?'

[제, 젠장, 리셋도 안 돼! 분명 멀쩡하다고 했는데!]

서로의 말만 하다 보니 대화가 되지 않았다.

준영은 그의 말에서 느껴지는 이상함에 생각을 해보려고 했지만 꿈속이라 다소 멍한 상태였고 자꾸 벗어나려는 범인의 행동에 결국 칼로 범인을 찔렀다.

푸욱!

느낌이 예전에 찌를 때보다 사실적으로 느껴졌다.

[으아아아아아아아악!]

끔찍할 정도로 실감 나는 비명이 터졌다.

그에 깜짝 놀란 준영은 칼을 놓쳤고 자신도 모르게 범인까지 놓아주었다.

[아, 아파… 비, 빌어먹을 가, 감각 센서가 고장 난 건가? 씨발!]

이제 완전히 사람 형태로 바뀐 범인은 바닥에 엎드린 채 꿈틀대고 있었다.

준영은 혼란스러웠다. 아무리 집중력이 높아졌다고 해도 갑자기 범인에게 이런 반응이 일어날 줄은 상상도 못 했기 때문이다.

지직!

'응?'

TV가 지직거릴 때 일어나는 현상이 침실 전체에서 일어났다. 게다가 벽에 걸려 있던 전자 달력이 순간마다 새로운 시간과 날짜를 보여주면서 깜박이고 있었다.

지지지지지지직!

[으아아아악!]

이상 현상에 어리둥절해 있던 준영은 갑작스런 비명 소리에 그 방향을 바라봤다.

그리고 어렴풋이 자신의 모습을 한 채 전기에 감전되어 버둥대는 범인을 볼 수 있었다.

모든 생각이 정지된 듯 아무런 것도 떠오르지 않았다. 그저 멍하니 비명을 지르며 서서히 사라지는 범인의 모습을 바라볼 뿐이었다.

그와 동시에 준영의 눈앞으로 영어로 된 메시지가 주루룩 위로 올라가고 있었고 맨 가운데 'Error!'라는 문구가 깜박이고 있었다.

'이, 이게 대체⋯⋯.'

준영의 중얼거림은 끝을 맺을 수 없었다.

검은 공간이 그를 집어삼켰고 곧 그는 정신을 잃었다.

범인도, 준영도, 검은 공간도 사라진 침실.

공중에 영어로 된 문구만이 깜박이고 있었다.

Connection is terminated.

*　　　*　　　*

준영은 악몽을 꾸고 있었다.

어린 시절이었는데 처음 보는 골목에서 덩치 큰 아이에게 맞기도 했고, 중학교의 매점이라 느껴지는 곳에서 빵을 사려고 인의 장벽을 뚫기 위해 발버둥 치기도 했다.

무엇보다도 압권은 면제라 한 번도 겪어보지 않았던 군대에서 이등병이 되어 뺑이 치는 꿈이었다.

한데 이상한 점은 꿈속의 준영은 얼마 전에 제대를 했고, 다시 재입대를 한 상황이라고 생각하고 있다는 것이었다.

꿈이 반드시 논리를 가질 필요는 없었다.

하지만 두 번째 군 생활이라는 것에 참을 수 없었던 준영은 악몽에서 벗어나길 강력하게 바랐다.

'개꿈……'

준영은 눈을 뜨지 않았지만 잠에서 깨어났다는 걸 느꼈다. 그리고 자각몽마저 개꿈의 일종이라 여겨졌다.

그는 현실로 돌아왔다는 것에 안도의 한숨을 쉬었다.

준영의 침실은 아침이 되면 햇빛이 들어왔기에 눈으로 느껴지는 빛의 양으로도 시간을 짐작할 수 있었다.

한데 아직 어두웠기에 더 잘 요량으로 이불을 당겨 목까지 끌어올렸다.

'어라?'

이불을 당기니 발이 이불 밖으로 나왔다.

이불이 뭉쳐 있다면 이럴 수도 있지만 딱히 뭉쳐 있다는 느낌이 들지는 않았다.

뭔가가 이상하다는 느낌이 들자 이불의 감촉도 달라졌음을 깨달았다.

얇고 부드러운 감촉을 가진 이불이 아닌 약간 두껍고 눅눅한 느낌의 이불.

그때 누군가가 자신의 머리에 손을 올리는 느낌에 화들짝 놀라 준영은 눈을 떴다.

"괜찮니?"

"……."

준영은 눈앞에 보이는 아주머니를 보고 놀라 아무 말도 할 수가 없었다.

그리고 잠시 후 머리가 돌아가기 시작하자 와락 인상이 구겨졌다.

'이, 이…! 개자식이 하다 하다 이젠 아줌마와……!'

세 명의 여자와 잠자리를 한 것보다 더한 분노가 솟구쳤다.

아니, 차라리 한 트럭의 여자와 했다고 해도 지금보다는 화가
덜 났을 것이다.

물론 준영의 취향이 약간은 연상이긴 했다.

그러나 눈앞의 여성은 약간이 아닌 어머니뻘이었다.

"아직 아프니? 아무래도 병원에 가봐야겠구나."

"…괘, 괜찮아요."

오늘 있었던 일은 절대로 비밀로 할 생각이었다. 김철호 박
사가 알기라도 하는 날에는 그가 죽는 순간까지 놀림당할 게
분명했기 때문이다.

"아니다. 얼른 옷 입고 내려오렴."

걱정스런 표정으로 준영을 바라보던 여성은 단정하게 접
힌 옷을 내 옆에 두고 문을 나갔다.

"하아~ 빌어먹을 자식!"

준영은 그 여성의 뒷모습을 바라보다 다시 자신의 정신세
계로 빙의해 오는 놈을 욕했다.

이번에 나이 든 여성과 했다는 것을 탓하는 욕이 아니었다.

방금 나간 여성은 평범한 얼굴이었지만 이젠 기억 속에만
계신 돌아가신 어머니를 생각나게 할 만큼 따뜻한 뭔가를 가
진 여인이었다.

하지만 이미 벌어진 일.

고민을 한다고 해결되는 것이 아니었기에 준영은 자리에
서 일어나며 마음을 다잡았다.

"한데 여긴 어디지?"

흐릿한 빛이 들어오는 창문 앞에 책상 두 개가 나란히 놓여 있었고, 좌측으로는 오래되어 보이는 장롱이 놓인 좁은 방이었다.

"혹시 강도를 당해 길거리에 쓰러져 있던 날 데리고 온 건가?"

조금 전 나이 많은 아주머니의 말과 현재 자신의 처지를 생각해 볼 때 꽤나 그럴싸한 추측이라고 그는 생각했다.

"맞아! 그런 상황일 거야."

한결 마음이 가벼워진 준영은 아주머니가 옆에 둔 옷 중 바지를 집어 들었다.

"……."

다소 펑퍼짐하고 짤막한 바지를 보는 순간 묘한 이질감이 온몸에 퍼졌다.

시선을 아래로 내렸다.

길쭉하기보다는 넓게 퍼진 발, 길고 매끈했던 종아리는 온데간데없이 짧고 털이 북슬북슬하게 난 다리, 어렴풋이 식스팩의 흔적만 남아 있는 배…….

현실을 부정하며 준영은 거울을 찾았다. 그리고 문 옆에 붙어 있는 작은 거울을 보곤 천천히 걸음을 옮겼다.

'……!!'

냉철한 이성을 가졌다고 나름 자부하던 준영도 거울 속에 비친 자신의 모습을 확인한 순간 그 생각이 잘못된 것임을 깨달았다.

냉철한 이성이 순간 산산조각 나버렸다.

평범한 얼굴, 아니, 평균을 밑도는 얼굴의 사내가 봉목이 찢어질 듯 눈을 크게 뜨고 자신을 바라보고 있었다.

"…누 …구냐, 넌?"

그가 할 수 있는 말은 그게 끝이었다.

혹자는 인간을 환경의 동물이라 말했다.

틀린 말은 아니었다.

완벽하지 않지만 세계적인 다국적 기업의 회장이었던 안준영은 평균에 미치지 못하는 가정의 셋째 아들인 안준영이 되었고 적응을 해나가기 시작했다.

"다녀오겠습니다."

"몸조심하고 다녀오렴."

"네……."

엄마라는 말이 입가에 맴돌았지만 머릿속의 엄마와 너무 달라 여전히 입 밖으로는 나오지 않았다.

이곳에서 처음 눈을 떴을 때 걱정스러운 눈빛으로 병원에 가자고 하던 아주머니가 현재 내가 몸을 차지하고 있는 안준영의 엄마였다.

환하게 웃는 얼굴로 손까지 흔드는 그녀를 외면한 채 거실

문을 열고 나왔다.

끼이이이익!

녹슨 대문이 기름을 달라고 외쳤지만 그마저도 외면하고 비탈진 골목으로 나왔다.

"휴우~"

아직 어둠이 물러가지 않은 아침. 하이힐을 신고 비탈길을 조심스럽게 내려가던 아가씨가 땅이 무너질 듯한 준영의 한숨 소리에 흘낏 쳐다봤지만 그는 개의치 않았다.

준영은 지난 나흘간 파악하고 추측한 것을 곰곰이 생각해 보았다.

첫 번째 추측은 자신에게 일어난 일이 빙의 현상의 일종이라는 것이다.

왜냐하면 그의 몸속에 들어오던 범인의 몸을 이번엔 자신이 차지하게 되었으니 말이다.

이것은 정확한 사실이었다.

범인의 머릿속에 남겨진 기억이 생각과 동시에 떠올랐기 때문이다.

처음엔 낯선 기억이 떠올랐기에 준영도 꽤 놀랐다. 하지만 이곳의 준영으로 살아가기 위해선 반드시 필요한 기억이었기에 지금은 오히려 다행이라고 생각하고 있었다.

두 번째 추측은 현재 자신이 있는 곳이 평행 우주의 하나라는 것이었다.

왜냐하면 현재 살고 있는 이곳은 자신이 살던 세계와 비슷하면서도 다른 곳이었기 때문이다.

준영이 살던 곳은 누구나 살기 원하는 세계 1위의 경제 대국이었고, 현재 살고 있는 곳은 누구든 돈만 있으면 떠나고 싶은 세계 11위의 경제국이었다.

또한 그곳은 할 일이 너무 많아 국회의원이 3D 업종이었던 반면, 이곳은 하는 일 없이 권한과 권리만 챙기는 최고의 업종이었다.

다른 차이도 많지만 이 정도만으로도 준영은 믿지도 않는 평행 우주론을 믿을 수밖에 없었다.

머릿속에 떠오르는 정보로 파악한 것은 그가 몸을 차지하고 있는 남자의 이름은 자신과 같은 안준영.

나이도 같은 23세.

대학교 1학년을 마치고 입대를 했고 제대 후 등록금을 벌기 위해 아르바이트를 하고 있음.

가족 관계는 올해 87세인 할아버지, 84세인 할머니.

57세 동갑이신 부모님.

29세인 큰형, 27세인 누나, 10세인 남동생이 있음.

안준영의 신체 스펙은…

"에휴~"

준영의 생각은 신체 스펙에서 멈춰졌다. 예전의 자신과 비교하면 조금 부족… 아니, 엄청 부족했다.

떠올리기조차 싫을 만큼 말이다.

"오늘도 파이팅!"

준영은 두 손으로 자신의 뺨을 '짝' 소리 나게 때려 기분 전환을 한 후 비탈진 골목을 거침없이 내려가기 시작했다.

첫날엔 원래 몸으로 돌아가길 바랐다.

그래서 하루 종일 방에 박혀 이 몸의 주인이 행했던 빙의 방법을 떠올리려고 했지만 어떤 기억도 떠오르지 않았다.

혹시나 자각몽을 꾸면 돌아가지 않을까 생각해 억지로 잠을 청하며 노력했지만 눈을 뜨니 다음 날 아침이었다.

이틀간 그렇게 두문불출하다 보니 가족들이 난리가 나버렸다.

형이라는 사람은 '미친놈'이라 소리치며 문을 부수겠다고 협박했고 엄마라는 분은 아직 아픈 애라며 우시면서 형을 달랬다.

자신 때문에 한 가족이 비탄에 빠지는 것을 보고 준영은 마음을 바꿔야 했다. 긍정적인 성격이라 그런 면도 있지만 특히 엄마라는 분의 울음이 그의 마음을 움직이게 만들었다.

그래서 일단 방법이 생기기 전까지 이곳에서 살기로 마음을 먹은 것이다.

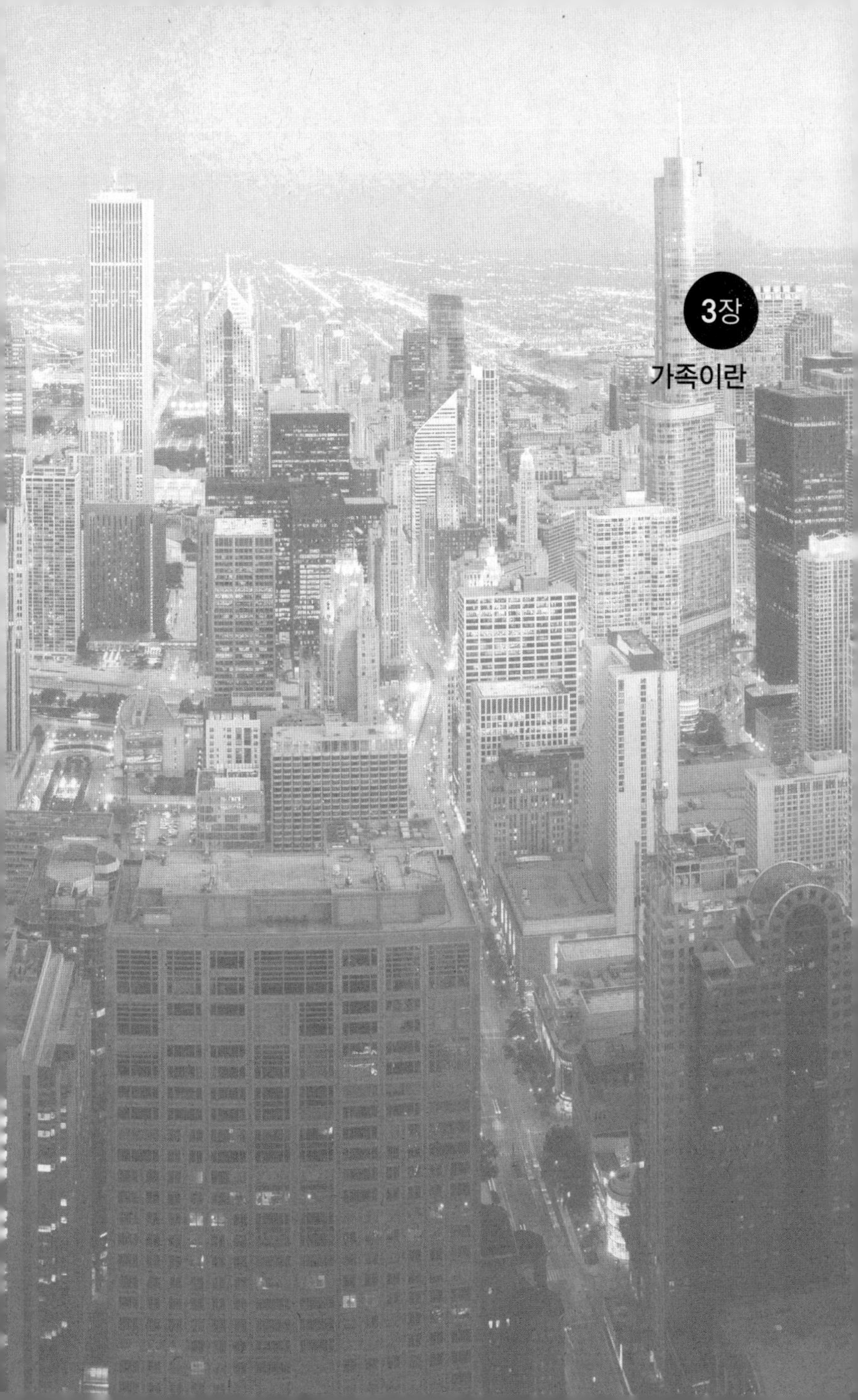

3장

가족이란

아르바이트를 하고 있는 곳은 남양주에 위치한 중소기업의 물류 창고로, 집에서 버스를 타고 대략 40분이면 도착할 수 있었다.

"안녕하세요!"

창고 옆에 위치한 사무실로 들어가며 큰 소리로 인사했다.

아직 이른 시간이라 사무실에는 한 사람밖에 없었지만 준영은 개의치 않았다.

그는 대기업 회장이었다는 기억을 잊을 수는 없지만 가급적 머릿속에서 지우려고 애썼다.

아르바이트에 불과하지만 사회생활을 할 때는 자신의 위

치를 파악하는 게 중요한 일이었다.

준영은 그 위치를 정확히 알고 있었다.

"준영이 오늘도 일찍 왔네?"

30대 초반의 정 대리가 기분 좋게 맞이해 준다.

"아프다고 이틀 동안 결석했는데 자르지 않고 봐주셨으니 더 열심히 해야죠."

"그러냐? 커피 한잔할래?"

"제가 타겠습니다."

준영은 정 대리가 움직이기 전에 후다닥 탕비실로 향했다.

그런 준영을 정 대리는 다소 의외라는 듯 바라보았다.

준영이 물류 창고에서 일하기 시작한 지 두 달이 넘었지만 어제와 오늘은 다른 때와 달랐다.

물론 눈에 띄게 달라진 것은 없었지만 묘하게 긍정적이랄까. 하지만 준영에 대한 정 대리의 관심은 딱 거기까지였다.

아르바이트 학생의 변화에 일일이 신경 쓸 만큼 한가하지 않았기 때문이었다.

준영이 두 잔의 커피를 타서 탕비실을 나왔다.

"여기 있습니다."

"오, 생유~"

"신문을 봐도 될까요?"

"그래."

커피를 받아 든 정 대리가 자신의 책상으로 가 연예 기사에 집중할 때 준영은 신문을 펼쳤다.

준영이 굳이 일하는 시간보다 한 시간 일찍 온 이유 중의 하나는 신문을 보기 위해서였다.

물론 갑자기 생긴 가족들과의 만남을 최소화하려는 목적이 더 컸지만 말이다.

커피를 마시며 신문을 보는 건 준영의 습관이었다.

인터넷으로 웬만한 기사는 다 볼 수 있고 신문보다 빠르게 뉴스를 접할 수 있지만 일목요연하게 어제에 관한 사건 사고와 세상의 흐름을 바라보는 데 신문만 한 게 없다는 게 준영의 생각이었다.

'이놈의 머리는… 정말!'

신문의 정치면을 보던 준영은 엄지와 검지를 이용해 콧대와 눈 사이를 꾹꾹 누르며 머리의 원주인을 탓했다.

무역 회사에서 일하는 사람은 무역 용어를, 자동차 정비사는 자동차 부품의 이름을 알아야 하듯 정치에 대해 알고자 한다면 일단 정치인의 이름을 알아야 했다.

그리고 그 이름을 바탕으로 여당인지 야당인지, 진보인지 보수인지 따위의 정보를 덧붙이다 보면 정치계에 대한 틀이 완성된다.

'난 정치에 관심이 없으니 그딴 쓰레기들에 대한 정보는 필요 없어.' 라고 말하는 사람들도 있을 것이다.

하지만 비정한 사회에서 강자는 아니더라도 최소한 약자

로 남지 않기 위해선 눈에 보이는 정보만이라도 확실히 아는 것이 중요하다고 준영은 생각했다.

강자들이 약자를 억압해 자신의 이익을 얻으려 할 때 그러한 시도는 제한적이지만 신문, 인터넷, 방송 등으로 알려진다.

세상을 보는 눈이 없다면 모르는 사이 강자에게 당할 것이고 보인다면 최소한 준비는 할 수 있을 것이다.

그래서 준영은 이 세계에서 적응하기 위해 가장 먼저 현 세계의 흐름을 파악하려 했다.

한데 한 번만 보면 기억되던 전과 달리 지금은 머리가 나쁜 것인지 신문에 언급되는 정치인들의 이름을 몇 번씩 되뇌어 보지만 기억하기가 쉽지 않았다.

'훈련이 부족한 거야. 훈련이!'

원래의 몸으로 돌아간다면 고민할 필요도 없는 문제지만 지금으로썬 있는 그대로 살아가야 했기에 준영은 자신을 다독이며 신문을 읽었다.

정치면을 꾸역꾸역 다 읽었을 때 다른 직원들도 하나둘씩 출근을 하기 시작했다.

신문을 읽으면서도 일일이 인사를 했고 일하기 15분 전쯤 준영은 신문을 덮었다.

이제 창고에 갈 시간이었다.

"먼저 창고에 가 있겠습니다."

"열쇠 여기 있다."

열쇠를 받고 사무실을 나와 작은 아파트만 한 창고로 들어갔다.

안쪽으로는 무수히 많은 박스들이 쌓여 있었고 공장 구석에는 오래된 컴퓨터가 놓여 있었다.

두 달간 일을 한 기억이 머릿속에 있었기에 무슨 일을 해야 할지는 잘 알고 있었다.

먼저 컴퓨터를 켜 전날 4시 이후에 주문받은 택배 송장을 출력한 다음 수량에 맞게 택배 포장을 하는 것이 일의 시작이었다.

송장이 출력되는 동안 카트를 이용해 수량대로 박스를 싣고 온 다음 박스를 열어 물건의 이상 유무를 간단히 확인한 후 회사 카탈로그를 넣고 다시 테이프를 붙인다.

간단한 작업이었지만 상자를 들었다 올렸다를 반복하는 작업이었기에 이마에 금세 땀이 맺혔다.

"이야! 이젠 전문가 다 됐네."

9시가 조금 넘자 직원들이 합류했다.

그날 업무량에 따라 합류 직원의 수가 차이가 있었는데 오늘은 물류 창고의 책임자인 과장을 제외하고 남자 직원들이 다 온 걸 보니 공장에 물건이 들어오는 날이 분명했다.

아니나 다를까 택배 물건을 다 포장했을 때 20톤급 화물차들이 창고로 들어왔다.

"오늘 얼마나 들어온대요?"

"오후까지 스물다섯 대 들어온단다."

"…많군요."

"한 며칠간은 죽었다 생각해야지."

물건을 운반하는 지게차와 창고 내부에 크레인이 있었지만 적당한 높이로 쌓거나 정리할 때, 그리고 포장할 때는 사람의 힘이 필요했다.

'젠장, 며칠간 딴생각은 안 나겠군.'

육체적 노동을 딱히 해본 적이 없던 준영이었다. 그나마 다행인 것은 예전의 자신에 비해 지금의 몸이 노가다에 훨씬 더 최적화되어 있다는 것이었다.

게다가 몸이 힘들면 딴생각이 나지 않는다고 하지 않았는가?

준영은 긍정적으로 생각하며 외쳤다.

"시작해 보죠!"

준영은 이날 육체적 노동 앞에 긍정적인 마음도 한계가 있음을, 일할 땐 딴생각이 나지 않지만 끝나고는 더 강력하게 난다는 것을 깨달았다.

*　　　*　　　*

준영이 보기에 이 세계의 안준영은 비록 자신의 정신을 빼

앗아 이상한 짓을 즐기던 범인이었지만 이 세계를 기준으로 봤을 땐 열심히 일하는 평범한 청년이었다.

주중엔 물류 창고에서 일했고 주말엔 술집에서 시간제 아르바이트를 하고 있었다.

그의 가족과의 만남을 최소화하려는 목적이 있어 처음엔 괜찮았었다.

하지만 이십여 일 이런 생활이 지속되자 준영의 생각은 차츰 바뀌기 시작했다.

일단 이 세계를 벗어날 수 없을지 모른다는 생각이 날이 갈수록 커졌다.

여전히 자각몽을 꾸기 위해 노력을 하고 있고, 원래 몸 주인이 돌아오길 바라고 있었다.

하지만 지금까지 애써 부인하고 있었지만 이곳으로 건너오던 날의 자각몽을 곰곰이 생각해 보면 가능성이 희박하다는 걸 준영도 느끼고 있었다.

준영 자신의 칼에 찔린 후 전기에 감전되어 사라져 버린 그의 모습에서 죽음을 추측하기란 어렵지 않았다.

그래서 준영은 이곳에서의 삶을 가정하기 시작한 것이다.

다음으로 이곳에서 살게 된다면 어떻게 할 것인가 하는 생각을 정리하고 있었다.

가장 큰 문제는 가족.

차라리 혼자였다면 별로 마음에 들지 않는 육체였지만 안

준영으로 적응하며 살아가기 쉬웠을 것이다.

외톨이였고 그래서 가족이 있었으면 한 적이 있었다. 그러나 막상 생기고 나니 쉬운 일이 아니었다.

아직까지 엄마라고 부르지 못하는 것만 봐도 준영의 마음이 얼마나 복잡한지 알 수 있었다.

'시간이 해결해 주겠지.'

준영은 문제를 미뤘지만 예상보다 빨리 그의 결심을 종용하게 되는 계기가 발생했다.

준영이 사는 곳은 2층으로 된 오래된 주택이었다. 오래된 건물들만 모여 있는 이 동네에서조차 비슷한 건물을 찾을 수 없으니 얼마나 오래됐을지 짐작만 될 뿐인 곳이었다.

새벽 5시에 일어나 간단히 아침을 때우고 6시면 집을 나서는 준영은 그의 어머니와 잠깐 대화할 뿐 다른 가족들과 얘기할 시간이 거의 없었다.

그리고 저녁까지 먹고 9시나 10시쯤 집에 들어와―일부러 밖에서 시간을 보냈다― 씻고 잠자리에 바로 누웠기에 같이 방을 쓰는 형과도 지금까지 별말 없이 살 수 있었다.

주말도 일어나는 시간만 다를 뿐 비슷하게 행동했다.

한데 일요일인 오늘은 조금 달랐다.

"준영아, 아버지께서 아침 먹으면서 하실 얘기가 있다니까 일어나라."

"…응."

자고 있는 척했기에 준영은 금세 대답하고 몸을 일으켰다.

올해 스물아홉인 형, 안호영은 작은 공장들의 설비 공정을 설계하는 회사에 다니는데 월급은 결혼하면 딱 두 사람이 먹고살 정도였다.

준영이 피하기도 했지만 호영도 회사 일로 바쁘고 말이라 그런지 과묵해서 지금까지 얘기한 게 다섯 손가락 안에 꼽을 정도였다.

물론 얘기라고 해도 항상 오늘과 비슷한 식이었다.

간단히 세면을 하고 아래층으로 내려가자 웬일로 온 가족이 모여 있었다.

아침이라기엔 꽤나 거하게 차려진 밥상.

준영은 자신의 자리라 생각되는 곳에 앉았다.

모두 모였음을 확인한 할아버지가 숟가락을 들었고 이어 아버지가 숟가락을 들자 일제히 아침을 먹기 시작했다.

"형, 저거 좀 줘."

올해 열 살이 된 막내 산영이가 손이 안 닿는지 갈비찜을 가리키며 말한다.

준영은 말없이 갈비찜과 콩나물 무침의 위치를 바꿔줬다.

"엄마, 오늘 무슨 날이야? 꽤 식탁이 거네?"

"날은 무슨……."

준영의 누나, 현영이 이상함을 느낀 듯 물었지만 그녀의 어머니는 별일 아니라고 말하고는 조용히 음식을 먹었다.

'무슨 일 있고만.'

준영은 다소 무뚝뚝한 얼굴로 식사를 하는 그의 부모님을 보고 눈치를 챘다.

막내인 산영을 제외하고 호영과 현영도 이상함을 느꼈는지 조용한 가운데 식사는 계속되었다.

"험!"

아버지인 안형식의 가벼운 헛기침에 형제들의 시선이 일제히 그를 향했다.

"음, 다들 알고 있어야 할 것 같아서… 식사도 할 겸 이렇게 자리를 마련했다."

환갑이 가까워진 안형식의 말에 호영과 현영은 무슨 말이 나올지 짐작한 모양인지 표정이 다소 굳었다.

"…어제부로 이 아비가 정년퇴직을 하게 되었다."

"축하… 드려요, 아버지."

"축하해요, 아빠. 그, 그동안 고생하셨어요."

"그동안 고생했구나, 아범아."

모두들 퇴직을 축하해 준다. 그러나 그 속에는 다양한 감정들이 숨어 있었다.

준영이 얼마 전 본 신문에 나오기로 4인 가족 한 달 평균 생활비는 500만 원.

준영네 가족이 8인이지만 같이 산다는 점에서 아껴지는 것들이 있었다. 그러나 아무리 못해도 대략 600만 원은 들어갈 터였다.

안형식이 생활비 대부분을 감당하고 있었지만 맏이인 호영과 딸인 현영이 직장 생활을 하고 있었기에 생활비의 일부를 담당하고 있었다.

한데 이젠 큰 부분이 사라졌으니 호영과 현영의 부담이 커질 수밖에 없는 상황.

오랫동안 고생하며 자녀들을 키워온 안형식의 퇴직에 진심 어린 축하를 하고 싶었지만 미래를 생각한다면 그들도 돈을 모아야 했기에 그럴 수가 없는 게 당연했다.

"생활비 걱정은 마라. 퇴직금으로 한동안 충분히 버틸 수 있으니까. 그리고 내일부터 다른 일자리를 알아볼 생각이다."

"너무 급하게 생각하지 마세요, 아버지. 그동안 고생하셨으니 여행도 다니시면서 천천히 생각하세요."

"그래요, 아빠. 걱정할 필요 없어요. 저희들이 있잖아요. 참! 축하 자리인데 술이 없네요. 오늘 같은 날 한잔해야죠!"

호영과 현영은 분위기를 바꾸려고 노력했고 다행히 좋은 분위기로 아침 식사는 마무리가 되었다.

상 치우는 걸 도운 준영은 복잡한 마음에 집 밖으로 나왔다.

외인처럼 안형식의 퇴직을 바라보는 것도 싫었고 그렇다

고 가족처럼 살갑게 굴 자신도 없었기에 집에 있는 것이 고역이었다.

"어디 가냐?"

"어, 형……?"

뒤에서 들리는 소리에 준영이 돌아보자 복잡한 표정으로 담배를 피우고 있는 호영이 보였다.

"하나 줄까?"

"응."

시가나 간혹 피우던 준영이었지만 호영이 권하는 담배를 보자 급 니코틴이 당겼다.

두 형제는 각자의 사정을 생각하며 아무 말 없이 하얀 연기를 공중으로 내뿜었다.

손가락으로 탁 쳐서 담배를 끈 호영이 말했다.

"아버지 일 때문에 걱정되냐?"

"……."

걱정하고 있지 않다고 말할 수 없었기에 준영은 아무 말도 하지 않았다.

호영은 걱정하고 있다고 생각했는지 준영의 머리를 헝클어뜨리며 말을 이었다.

"걱정 마라. 네 대학 등록금은 내가 책임지마. 그러니 공부 열심히 해라."

그러곤 집으로 들어가 버렸다.

준영은 어이없는 표정으로 호영이 사라진 대문을 바라봤다.

"누가 누굴 걱정하는 거야? 쳇!"

헝클어진 머리를 바로 하며 투덜대는 준영.

하지만 그의 얼굴은 형언할 수 없이 묘했다.

그에게는 가족이 없었지만 형이라 부르는 사람들은 많았다. 하지만 지금까지 호영처럼 형이라는 말이 어울리는 사람은 없었다.

묘한 기분을 떨치기라도 하듯 담배를 강하게 비벼 끄고 집으로 들어갔다.

부엌에서 설거지하는 소리를 뒤로하고 2층으로 올라가던 준영의 귀로 현영과 막내 산영의 대화 소리가 들렸다.

"돼지 저금통은 왜?"

"누나가 가지고 있다가 아빠한테 드려."

"……."

"내가 삼 년 동안 모은 거야. 할아버지, 할머니, 형들이랑 누나가 준 용돈도 다 들어가 있어. 그러니까 충분할 거야."

"…그, 그래?"

"웅! 엄마한테 아파트 사 주려고 모았는데… 아빠 가게 차리라고 하면 될 거야."

산영의 말에 준영은 피식 웃음이 나왔다.

느린 건지 원래 10살 땐 저런 건지 모르겠지만 기특한 생각을 하고 있다는 건 알 수 있었다.

"산영이가 아빠 퇴직한 것 때문에 걱정하는구나? 그런데 퇴직이라는 건 걱정할 일이 아니라 축하해 줄 일이야."

"그래? 근데 왜 얼굴이 다들 그래?"

"음… 그건 어떻게 축하할까 고민해서 그런 거야."

"그렇구나."

"응, 저녁에 케이크 사서 아빠 퇴직을 축하해 드리자."

"오케이!"

대화는 끝이 났다.

산영은 돼지 저금통을 들고 활짝 웃으며 아래층으로 내려왔고 준영은 자신도 모르게 산영의 머리를 헝클어뜨리며 위층으로 올라갔다.

준영은 현영과 눈이 마주쳤다.

현영은 약간 붉어진 눈으로 준영에게 빙긋이 웃어 보이곤 자신의 방으로 들어갔고 준영은 그녀의 뒷모습을 보면서 다시 묘한 표정을 지었다.

방으로 들어온 준영은 아직도 깔려 있는 이불에 다시 누웠다.

그리고 가족에 대해 생각을 해본다.

자식과 손주들에게 폐를 끼쳐서 미안하다는 표정의 조부모님들.

자식들이 걱정할까 걱정 말라던 아버지 안형식.

애써 그 옆에서 미소 짓던 어머니 김옥희.

자신의 등록금을 책임진다는 안호영과 걱정 말라는 웃음을 보내던 안현영, 그리고 돼지 저금통을 안형식을 위해 쓰겠다는 안산영.

좁혀졌지만 여전히 가족이 되기엔 다소 거리감이 있었다. 하지만 그 거리마저 애초에 자신이 좁혀야 할 거리임을 준영은 알고 있었다.

"젠장! 그래, 안준영으로 산다! 대신 나중에 바꾸자고 하면 절대로 안 바꿀 테니까 그렇게 알아!"

준영은 누군가에게 외쳤고 막 부모님과 얘기를 하고 방으로 들어오던 호영은 '미친놈'이라 중얼거리며 다시 아래층으로 내려갔다.

최근 혼자 있기를 원하는 것 같은 준영을 위한 그의 배려였다.

*   *   *

준영이 한 달 동안 거의 모든 시간을 투자해 아르바이트로 버는 돈은 대략 220만 원쯤 된다.

그중 차비와 식대를 제외하면 170만 원쯤 남았고 그 돈은 모조리 통장으로 들어갔다. 물론 가족과 함께 사니까 그 정도로 모을 수 있는 것이다.

하지만 이렇게 버는 것도 곧 끝이었다. 6월 말로 물류 창고 아르바이트가 끝이 났기 때문이다.

만일 혼자 산다면?

지금만큼 일하고 독서실 쪽방에서 각종 세금을 내다 보면 한 푼도 모을 수가 없는 돈이었다.

한마디로 살기 위해 일하는 건지 일하기 위해 사는 건지 모를 인생이라는 거다.

예전의 안준영에게는 효율적인 아르바이트일지 모르지만 지금의 준영에겐 결코 효율적이라 말할 수 없었다.

준영은 돈을 벌기로 마음을 먹었다.

그래서 우선 자신이 가진 바를 종이에 정리했다.

대기업을 운영하던 경영 능력? 나중이라면 모를까 지금은 필요 없다.

준영은 과감하게 글 위에 엑스를 표시했다.

여러 번 월반을 거듭하며 따낸 경영학 석사 학위? 이건 이전 세계의 스펙이다.

지금은 그저 그런 학교의 인기 없는 경영학과 학생.

대기업 회장이었다는 타이틀을 빼면 그도 딱히 쓸 만한 것이 없었다.

머리 좋다는 걸 알리고 싶어도 일단 알려줄 만한 스펙이 전혀 없으니 그마저도 엑스.

단 한 가지만 남았다.

10개 국어 능통.

영어, 중국어, 일어, 프랑스어, 독일어, 스페인어, 러시아어, 이탈리아어, 아랍어, 한국어.

언어에 능통하기 때문에 할 수 있는 일은 많았다.

그중 가장 돈이 될 만한 일은 역시나 과외.

일단 주말에 일하던 호프집 아르바이트를 끝냈다.

그리고 과외를 하기 위한 가장 기본적인 스펙을 만들기 시작했다.

가장 기본적인 스펙은 외모였다.

지극히 평범한 얼굴에 부스스한 머리, 174cm의 키에 70kg의 몸무게.

내세울 것이라곤 없었지만 헤어스타일, 옷, 체형, 거기에 자신감 있는 말투와 행동만 더한다면 충분해 보였다.

일단 집 근처에 있는 헬스클럽에 등록했다.

63kg을 목표로 감량과 함께 몸의 균형을 맞추기 위한 투자였다.

몸을 만드는 와중에 물류 창고 아르바이트도 끝이 났지만 준영은 다른 아르바이트를 구하지 않고 몸 만들기에 더욱 열중했다.

한 달 만에 65kg을 만들고 과외 아르바이트를 위해 움직였다.

그의 형편상 가기 어려운 헤어숍에 가서 두상에 맞는 헤어

스타일을 찾았고, 단정해 보이면서도 약간은 캐주얼 한 옷을 구매하고 비싸진 않지만 남자에게 필수인 액세서리와 화장품을 샀다.

제대를 한 후 물류 창고에서 세 달간 일하며 모아뒀던 500만 원 중 반 이상을 썼지만 전혀 아깝지 않았다.

"우리 아들이 이렇게 잘생겼었나?"

"형, 진짜 멋있다!"

그의 어머니와 동생은 칭찬을.

"너, 여자 만나니?"

"공부는 포기했냐?"

형과 누나는 못마땅한 표정으로 비꼬는 말을 했지만 준영은 신경 쓰지 않았다.

그리고 한 가지 더. 준영은 수능 공부를 시작했다.

처음엔 영어 과외를 위해 시작한 일이지만 자신의 미래를 위해 수능을 다시 볼 생각이었다.

오전에 부자 동네를 돌며 전단지를 돌린 준영은 창밖이 훤히 보이는 커피숍에 앉아 더위를 식히고 있었다.

"내세울 학력이 없어서 그런가?"

15일간 강북과 강남 할 것 없이 제법 사는 동네엔 모조리 전단지를 붙였지만 전화 한 통 오지 않았기에 준영은 제법 조급한 상태였다.

과외가 안 된다면 번역 일을 하면 됐다. 하지만 번역 일은 일반 아르바이트와 비교할 때 효율 면에선 좋다고 볼 수 없었다.

"일단 한 달간만 더 지켜보자."

정 안 된다면 수능과 병행해서 통역사 시험을 볼 생각이었다.

준영은 전단지가 잘못된 줄 모르고 있었다. 차라리 한두 가지 언어만 안다고 해뒀으면 연락이 왔을지도 몰랐다.

한데 10개 국어에 능통하다고 적어놨으니 전단지를 본 사람들은 다들 허풍이 심하다고 생각하며 코웃음만 치고 지나쳤다는 걸 그는 모르고 있었다.

송민아는 자신의 둘째 아들 문제로 통화 중이었다.

"돈은 상관이 없으니까 다시 한 번만 알아봐 줘요."

─여사님, 지난번 선생이 마지막이었습니다.

수화기 너머로 앓는 소리가 들렸지만 송민아는 개의치 않고 소리쳤다.

"최 원장, 이럴 거예요? 지난번 소개해 준 선생이 어땠는지 내가 꼭 말을 해야겠어요? 알았어요. 그렇게 나온다면 어쩔 수 없죠."

─아, 아닙니다, 여사님. 최대한 빨리 알아보겠습니다. 한데 시간은 좀 주셔야……

강남과 강북에서 알아주는 개인 과외 교사 소개 업체를 운영 중인 최 원장은 송민아가 어떤 사람이라는 걸 알기에 항복할 수밖에 없었다.

"얼마나요?"

—한 달쯤……

"보름 드리죠."

—그건… 알겠습니다. 최선을 다하겠습니다.

"최선이 중요한 게 아니라는 거 아실 거예요."

마지막까지 협박(?)을 한 후 전화를 끊은 송민아는 가볍게 한숨을 내쉬었다.

새로운 과외 선생이 한 달도 되지 않아 못 가르치겠다고 도망간 이유가 자신의 아들에게 있다는 걸 그녀도 잘 알고 있다.

어린 시절부터 영어를 가르칠 요량으로 미국에 보낸 것이 문제였다.

자신과 같이 지내던 초등학교 때까지는 문제가 없었지만 그녀가 한국으로 돌아온 후 중학교 때부터 친구를 잘못 사귀어 사고란 사고는 다 치고 다니는 것을 뒤늦게 알게 되었다.

그래서 한국으로 불렀지만 이미 엇나갈 대로 엇나간 그 애가 한국 생활에 제대로 적응할 리 만무했다.

다시 미국으로 보내자니 똑같은 일이 벌어질 것이 분명했기에 중국어라도 배우게 할 요량으로 중국 유학을 준비 중이었다.

한데 오는 선생마다 쫓아버리기 일쑤니 죄 없는 최 원장만 닦달할 수밖에 없었다.

"사모님, 어디로 모실까요?"

"뷰티에로 가요."

기사의 말에 상념에서 벗어난 송민아는 스트레스에 뒷목이 뻐근해지는 게 느껴져서 마사지를 받을 생각으로 뷰티 숍으로 가자고 했다.

쾅!

"에구머니나!"

눈을 감고 있는데 엄청난 소리와 함께 몸이 휘청거렸기에 송민아는 자신도 모르게 소리쳤다.

"사, 사모님, 괜찮으십니까?"

"무슨 일이죠?"

"제가 실수로……."

송민아는 창밖을 보고는 상황을 알 수가 있었다.

삼거리에서 좌회전을 하다가 직진 차량을 받은 모양이었다.

"난 괜찮으니 빨리 해결을 봐요."

"아, 알겠습니다."

송민아의 굳은 얼굴을 보며 기사는 자신이 어떻게 될지 알았지만 지금은 사고를 처리하는 게 우선임을 알고 밖으로 나갔다.

송민아는 당장에라도 기사를 자르고 싶었지만 일단 오늘은 버텨야 했기에 화를 꾹 참고 기다렸다.

한데 기사가 피해 운전자와 뭘 하는지 도무지 올 생각을 하지 않았다.

결국 그녀는 창문을 열고 소리쳤다.

"도대체 뭐 하는 거예요!"

"저… 그게……."

기사가 어쩔 줄 모르겠다는 표정으로 다가와 우물쭈물 망설이다 말했다.

"피해 운전자가 중국인입니다, 사모님."

송민아의 얼굴이 와락 구겨졌다.

"영어는 사용할 줄 알던가요?"

송민아는 중국인이 영어가 가능하다면 자신이라도 나서서 해결을 할 생각이었다.

"모른 척하는 건지 정말 모르는 건지 제가 영어로 몇 마디 물어봤지만 도통 반응이 없었습니다."

사고 차량—최고급 외제 차였다—을 봤을 때 모른 척할 이유가 없었다.

진짜 영어를 모를 가능성이 높았다.

십여 년 전부터 중국의 기업들이 한국으로 대거 진출하기 시작했고 그와 더불어 중국 부자들도 들어와 정착하기 시작했다.

최근엔 강남 길거리를 다니는 사람들의 반이 중국인이라는 우스갯소리가 들릴 정도로 중국인의 비율이 높아진 게 사실이었다.

이러다 보니 중국인을 상대하는 가게마다 중국어 몇 마디쯤은 하는 사람들로 넘쳐 났다.

자연 중국인들은 한국어를 배우지 않아도 불편하지 않았기에 굳이 배우려 하지 않았다.

"보험사엔 연락했어요?"

"예, 사모님, 10분 정도 걸린다고……."

"…어쩔 수 없죠. 일단 차부터 어떻게 해봐요."

삼거리에서 교통사고가 나서 차들의 빵빵거리는 소음이 장난이 아니었다.

하지만 차를 한쪽으로 치우는 것도 쉽지 않았다.

피해 운전자인 중국 사람에게 설명을 해야 하는데 그게 불가능한 상태였으니까 말이다.

송민아는 지끈거리는 편두통에 차창을 올리고 눈을 감은 채 빨리 해결되길 바라고 있었다.

똑똑!

그때 누군가가 차창을 두드렸다.

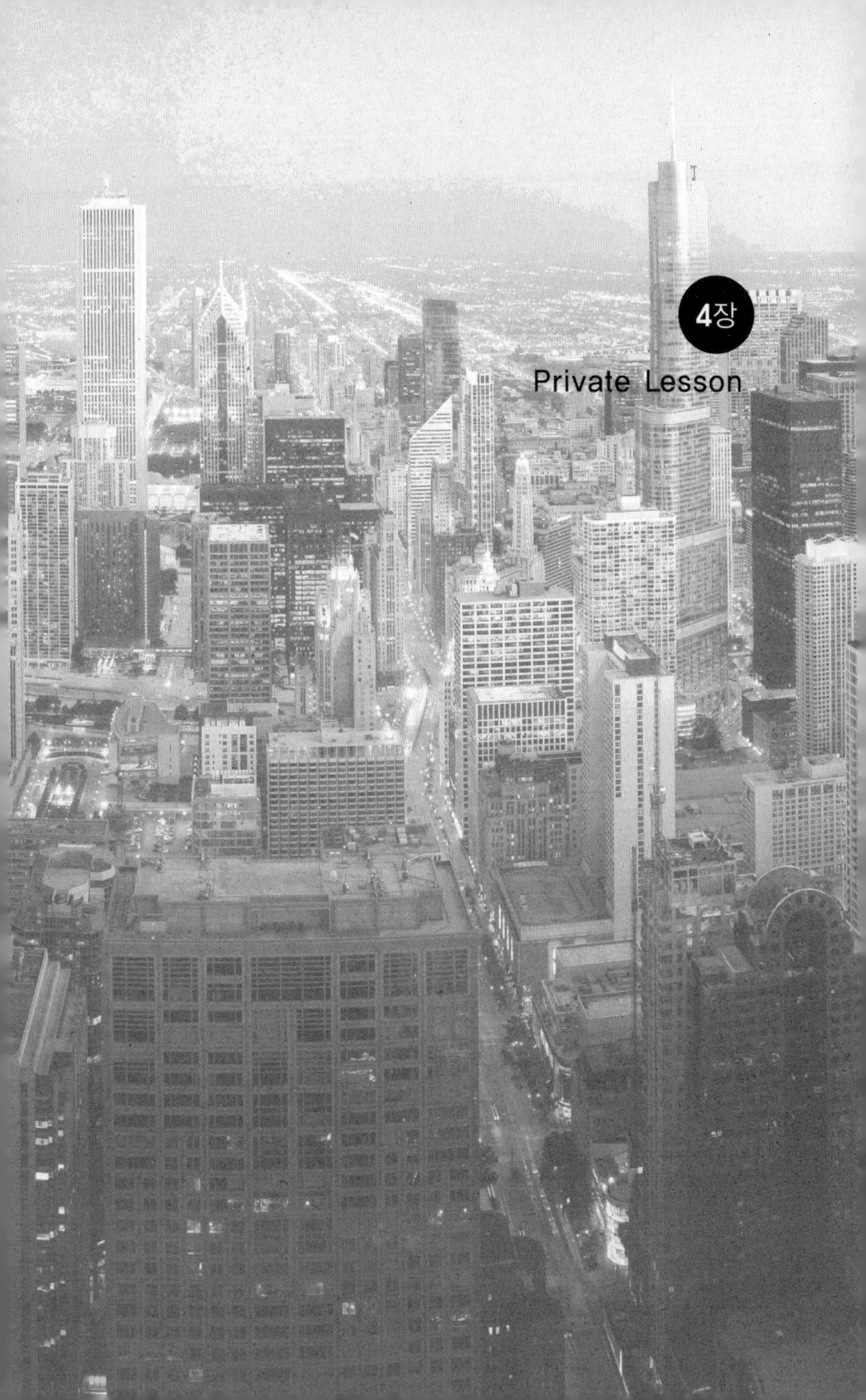

4장

Private Lesson

말쑥하게 차려입은 청년이었다.

'피해자인가?' 라고 생각하면서도 송민아는 차창을 살짝 내리며 신경질적으로 말했다.

"무슨 일이에요!"

한데 청년은 그런 그녀의 말투에도 웃음을 띤 채 부드러운 목소리로 말했다.

"곤란을 겪고 계신 것 같아 도움을 드릴까 싶어 나섰습니다. 제가 중국어를 할 줄 아는데 괜찮으시겠습니까?"

송민아는 청년의 말투, 행동, 표정을 보고는 있는 집에서 제대로 교육받은 청년이라고 느꼈다. 그리고 자신이 실례했음을 깨닫고는 목을 가다듬고 말했다.

"그래주면 고맙겠어요. 그리고 좀 전에……."

"하하! 신경 쓰지 마세요. 지금 어떤 심정인지 충분히 이해합니다. 그럼."

송민아는 자신의 무례한 말투를 사과하려 했다. 한데 청년은 이해한다고 말하곤 한창 기사와 중국인이 실랑이 중인 곳으로 향했다.

송민아는 차창을 완전히 내리고 청년을 유심히 바라봤다.

청년이 유창한 중국어로 중간에 서서 얘기를 시작하자 소리치던 중국인은 금세 얌전해졌고 곧 웃는 얼굴로 그녀의 기사와 명함을 교환했다.

상황은 금방 정리가 되었다.

"사모님, 잘 해결되었습니다."

기사가 차에 올라 말을 했지만 송민아의 시선은 청년에게서 떨어질 줄 몰랐다.

청년이 사고 차량의 뒷자리에 타고 있던 누군가에게 명함을 건네는 모습이 보였다.

중국인의 차가 떠나자 청년은 그녀를 바라보며 가볍게 인사를 하곤 바로 앞에 있는 커피숍으로 들어갔다.

"잠깐 주차하고 기다려요."

송민아는 고맙다는 인사를 할 요량으로 차에서 내려 청년이 들어간 커피숍으로 들어갔다.

청년은 창가에 앉아 잡지를 보고 있었다. 흘낏 보니 영어로 된 경제지였다.

경제지를 보던 청년은 송민아를 알아보곤 가볍게 놀라며 자리에서 일어났다.

"고맙다는 인사를 드려야 할 것 같아서요."

"별말씀을요. 당연한 일을 했을 뿐입니다."

"그래도 기본 예의라는 게 있죠. 도와줘서 고마워요."

"네."

깔끔하게 자신의 고마움에 대답하는 청년의 모습에 송민아는 청년이 점점 마음에 들었다.

"중국어가 꽤 유창하시던데… 영어도 잘하시나 봐요?"

"제가 언어에 재능이 있는 편입니다. 앉으세요. 진정시키실 겸 차나 한잔하시죠."

송민아가 자리에 앉자 청년은 뭘 마실 건지 물었고 답하자 음료를 받아와 그녀의 앞에 놓아줬다.

"하시는 일이?"

"군 제대 후 아르바이트를 구하고 있지만 쉽지 않네요. 그래서 지금은 놀고 있습니다. 하하하!"

"어떤 아르바이트를 구하고 있어요?"

송민아는 눈빛을 반짝이며 물었다.

"과외죠. 제가 언어에 대해선 자신이 있거든요."

"중국어는 아까 확인했고, 영어도 자신이 있으신가요?"

송민아는 이번엔 영어로 청년에게 물었다.

그러자 청년은 바로 영어로 답했다.

"물론이죠. 한데 마담의 영어 실력은 너무 훌륭해서 과외가 필요 없을 것 같은데요?"

"영어로 중국어를 가르칠 사람이 필요해요. 원한다면, 아니, 당신이 내 아들을 가르치길 원해요."

"마다할 이유가 없죠. 제 이름은 안준영입니다."

송민아는 교통사고를 당했다는 것도 잊은 듯 준영을 보며 활짝 웃고 있었다.

*   *   *

준영은 기분이 좋았다.

우연찮게 일어난 교통사고를 도와주며 두 개의 과외 자리를 얻었기 때문이다.

한 자리는 영어로 중국어를 가르치는 것이었고, 다른 한 자리는 한국어를 가르치는 것이었다.

특히 전자의 경우는 보수도 상당했는데, 월 300만 원에 매달 학생의 상태를 파악해 추가로 더 받기로 했다.

기분이 좋은 이유는 그뿐만이 아니었다.

두 학생 다 집이 근처였고 시간 조절이 잘돼서 연속해서 가르칠 수 있었다.

일주일에 열 시간 정도 일하고 얼마 전보다 두 배 가까이 벌 수 있게 되었으니 더할 나위가 없었다.

신민혁이라는 첫 번째 학생 집에 도착했다.

크고 멋지게 꾸며진 집이었지만 예전 자신의 저택과 비교하면 너무 손색이 있었기에 딱히 감탄할 이유는 없었다.

거실에서 송민아가 그를 맞이했다.

"어서 와요."

"안녕하세요? 죠지아 오키프—꽃, 식물, 동물의 두개골 등을 주로 그리던 미국 여류 화가—를 좋아하시나 봐요?"

죠지아 오키프의 그림은 수채화 기법으로 단순하면서도 아름다운 색채가 눈에 띄는 그림이었다.

"호호! 단번에 알아보는군요."

"멋진 작품이잖아요."

뭔가를 가진 사람들 주위엔 그것을 뜯어먹기 위해 수많은 승냥이가 모이게 마련이다.

가진 사람에게 직설적인 아부를 하면 겉으로야 상대방을 기분 좋게 만들고 웃게 만들 수 있을 것이다. 하지만 그것이 마음속의 거리감을 만드는 지름길임을 준영은 알고 있었다.

그저 관심 있는 분야에 대한 한마디면 호감을 얻기에 충분했다.

"아이는 위층에 있어요."

송민아의 안내를 받으며 학생의 방으로 갔다.

"민혁아, 새로운 중국어 선생님 오셨다."

헤드셋을 끼고 침대에 누워 있던 민혁은 흔들어 깨우는 데도 정신을 차리는 데 시간이 좀 걸렸다.

가상현실 게임을 하다 방해를 받았는지 민혁의 눈엔 불만이 가득했다.

하지만 송민아에게 아무 소리도 하지 않는 걸 보면 엄마를 꽤 무섭게 생각하고 있다는 걸 알 수 있었다.

"잘 부탁드려요."

"네, 어머님."

송민아는 방을 나갔다.

민혁은 싫은 표정을 감추지 않은 채 의자에 삐딱하게 앉아 있었다.

신민혁. 올해 고등학교 3학년으로 미국에서 중학교를 마치고 한국으로 건너왔지만 한국 생활에 적응하지 못해 중국으로 다시 유학을 가야 할 입장인 학생.

준영은 민혁에 대한 기본적인 정보를 생각하며 옆자리에 앉았다.

그리고 영어로 말을 시작했다.

"반가워. 난 안준영이야."

"신민혁."

"몇 분에게 중국어를 배웠다고 들었는데 어느 정도야? 간단한 인사 정도?"

"전혀."

대화도 귀찮은 모양이다.

민혁은 한마디씩 툭툭 던질 뿐이었다.

"그럼 맨 처음부터 시작하는 걸로 하자."

"저, 선생님."

"응?"

"그냥 앉아 있다가 가시면 안 될까요? 물론 엄마한테는 아주 잘 가르친다고 말할게요. 그럼 선생님도 좋고 나도 좋고요."

민혁의 말을 들은 준영은 피식 웃음이 나왔다. 왜 지금까지 선생들이 한 달도 되지 않아 포기하고 나갔는지 알 만했다.

배우려는 의지가 전혀 없는 학생에게 중국어를 가르친다? 그렇다면 의지부터 만들어주면 된다.

"그러자."

"정말이죠? 선생님도 꽤 말이 통하는군요?"

준영의 말에 민혁이 언제 인상을 썼나 싶게 활짝 웃었다.

그의 말에서 그전에 자신과 같은 생각을 한 사람이 있다는 걸 알게 되었다.

'그 사람은 어떻게 했을까?'

궁금하긴 했지만 굳이 몰라도 상관은 없었다.

"한데 두 시간을 때워야 하니 그냥 있으면 심심하잖아. 우리 얘기나 하자."

"그러죠. 대신 한 가지씩 물어보기 어때요?"

"좋아."

송민아는 어느 정도 시간이 지나면 민혁의 중국어 실력을 테스트를 할 게 분명했다.

하지만 준영은 조급해 하지 않았다.

어차피 의지 없이 한 달 배우는 것보다 자신이 필요해서 하루 배우는 것이 훨씬 좋았다.

"아까 침대에 누워서 뭐 하고 있었냐?"

"가상현실 게임이요."

"재밌어?"

"한 가지씩이라고 했잖아요."

"한 가지 주제씩으로 하자. 안 그러면 너무 귀찮잖아. 주제도 흐려지고."

"그건 그렇겠네요. 재밌어요. 한데 선생님은 가상현실 게임 안 해보셨어요?"

"글쎄? 조금 해봤는데 딱히 재미를 느끼지 못했거든. 현실도 꽤 재미있으니 가상현실까지 갈 필요가 없었지. 가상현실 게임에 대해 얘기 좀 해줄래?"

"제가 하는 게임은요. 퓨텍의 '뉴 월드' 예요. 거기서 마법사인데……."

신나게 얘기를 하는 민혁.

준영은 대화를 통해 키도, 덩치도 자신보다 큰 민혁이 아직까지 학생다움을 잃지 않았다는 걸 알 수 있었다.

30분을 주구장창 말했는 데도 부족했는지 다시 시작하려는 그의 말을 적당히 끊었다.

"네 말을 들으니까 좀 땡긴다."

"하실 거면 말하세요. 제가 쫄 해드릴게요."

"좋아, 다음은 너 차례."

"선생님은……."

"그냥 형이라 해라."

"알았어요, 형. 근데 엄마한테 들으니 형, 10개 국어 한다면서요? 진짜예요?"

"응, 꼭 필요했거든."

"왜요? 사실 영어 정도만 해도 충분하지 않아요?"

"여자 꾈 때 말이 안 통하면 곤란하거든. 그래서 배웠어."

"에엑! 말도 안 돼! 정말 여자 꼬시려고 10개 국어를 배웠다고요?"

"그럼 내가 뭣하러 그 미친 짓을 했겠냐?"

물론 준영의 말이 완벽한 거짓말은 아니었다. 주목적은 사업을 위해서였고 보조 목적은 여자를 유혹하기 위해서였다.

"…그래서 효과는 있었어요?"

여전히 못 믿는 눈치였지만 상관없었다.

중국어를 배울 의지가 생기게 환상을 심어주려는 첫 번째 의도일 뿐이었다.

"그럼. 한눈에 봐도 후끈 달아오르게 만드는 여자를 만났었거든. 그런데 하필 중국인인 거야. 이리저리 조사해 보니 남자 친구도 없었지. 난 당장 중국어를 공부하기 시작했어. 그리고……."

능구렁이 백만 마리쯤 삶아 먹은 기업의 CEO들도 설득시키던 말발이었다.

말이 통하지 않는 아기들이라면 모를까 고작 고등학생을 못 녹일 준영이 아니었다.

"마침내 어느 정도 배우고 그녀 앞에 섰지. 그리고 내 소개를 했어. '추츠 젠 멘, 워 쟈오 안준영'이라고 말이지."

"추츠… 그게 무슨 말이에요?"

"처음 뵙겠습니다, 라는 말이지. 뒤에는 이름 소개고."

"아하."

"그랬더니 그녀가 나에게 그러더군."

준영의 생생한 묘사에 민혁은 마른침을 삼키며 집중하고 있었다.

한창 열을 내며 이야기하던 준영은 노크 소리에 말을 멈췄다.

"과일 먹고 하세요."

"감사합니다."

가정부 아주머니가 시원한 수박을 갖다 주었다.

"그래서요?"

호텔에 들어가는 부분까지 얘기를 했기에 민혁은 수박 하나를 먹자마자 물어온다.

"그 이상은 19금이다."

"에이~ 무슨 19금이에요. 저도 할 거 다 해봤거든요."

"니 얼굴에, 니 재력에 못 해봤으면 바보지."

　민혁은 그의 엄마를 쏙 빼닮았다. 그래서 어디 가서 빠지지 않는 얼굴이었다.

"해드릴까요?"

"자기 전까지만 얘기해라. 아직 미성년자인 너한테 그런 얘기까지 듣고 싶지는 않다."

"나중에 듣고 싶다고 해도 말 안 해줄 거예요. 그러니까 제가 미국에 있을 때……."

　미성년자지만 알 건 다 아는 나이었다.

　준영은 수박을 먹으며 이런저런 얘기를 하며 첫 수업을 끝마쳤다.

　준영은 한 권의 책을 민혁에게 내밀었다.

"자."

"뭐예요?"

"교재. 일단은 공부한다는 흔적이라도 있어야 할 거 아니냐."

"필요 없는데……."

"니가 중국어 좀 하면 내가 예쁜 중국 아가씨 소개시켜 줄

지도 모르잖아."

"진짜요? 아까 형이 얘기했던 그 누나는… 아얏!"

준영은 민혁의 머리를 살짝 쥐어박았다.

"나랑 동서 될 일 있냐? 그리고 그 아가씨는 이미 중국으로 돌아갔다. 어쨌든 목요일 날 보자."

"들어가요, 형. 그리고 제가 혹해서 공부할 거라는 생각은 하지 마세요."

"후회 마라."

민혁이 볼 거라는 생각은 하지 않았다.

다만 얘기를 하면서 중국어를 꽤 많이 사용했는데 책을 한 번쯤 뒤적거리다 보면, 익숙함에 보게 된다면 그걸로 만족이었다.

"어땠어요?"

거실로 내려오자 송민아가 물어왔다.

"민혁이는 중국어를 해야 한다는 의지가 전혀 없어요."

송민아는 의외라는 얼굴로 준영을 바라봤다.

시금까지 왔던 선생들 중 첫날 준영처럼 단도직입적으로 얘기하는 사람은 없었다.

"…어떻게 해야 하죠?"

"일단 흥미를 가지도록 하는 게 우선시 되어야겠죠. 그 전까진 어머님께서 지켜봐 주시는 게 제일 좋을 것 같습니다. 그래서 하는 말인데……."

준영은 송민아에게 한참 동안 뭔가를 속닥였다.

"……! 그, 그렇게 해서 과연 효과가 있을까요?"

"가만히 두는 것보단 훨씬 좋을 겁니다. 물론 잘못되면 어떻게 될까 고민이 되시겠지만 이제 고등학생이니 나쁜 경험만은 아닐 겁니다."

"휴우~ 어쩔 수 없죠. 준영 씨를 믿어보겠어요. 한데 준영 씨는 참 특이한 분이군요."

"하하하! 제 말을 믿는 어머님도 만만치 않으세요. 물론 특이함보단 민혁이에 대한 사랑이겠지만요."

준영은 민혁이와 얘기하며 그가 중국어 공부를 하게 만들 계획을 세웠지만 송민아의 허락이 필요했다.

이리저리 데리고 다녀야 한다는 점도 있었지만 무엇보다도 돈이 들어간다는 점 때문에 허락을 구한 것이다.

"영수증 처리는 확실히 하겠습니다."

"그럴 필요 없어요. 이 카드를 사용하세요."

"알겠습니다. 그럼 목요일 날 다시 오겠습니다."

준영은 카드를 받고 민혁네를 빠져나왔다. 그리고 높은 담장을 바라보며 중얼거렸다.

"훗! 꽤나 화통한 분이군."

사실 계획을 말할 때 반신반의했었다.

과외 하는 학생과 놀러 다니겠다는데 허락해 주는 부모가 얼마나 되겠는가.

차선책이야 준비를 했지만 아무래도 차선이다 보니 두세 달 하면 잘릴 가능성이 높은 계획이었다.

뭐든지 첫걸음이 중요한 법이었다. 특히 과외는 알음알음 소개받아 학생 수를 늘이는 직업이다 보니 더욱 더 처음이 중요했다.

준영은 괜찮은 시작이라 생각하며 다음 학생 집으로 향했다.

사실 민혁의 과외에 대해선 의문을 가질 필요 없이 운이 좋았다고 말할 수 있었다.

하지만 피해 차량의 중국인이 명함을 요구하고 한국어 과외 교습을 제안한 것에 대해선 의문이 생겼다.

중국인 중에 한국어를 잘하는 사람을 붙이면 간단한 일이었고 그런 사람들은 너무나도 많았기 때문이다.

공급자가 많으면 담합하지 않는 이상 가격은 싸게 마련이었다. 하지만 싸게 해줄 바에야—이미 민혁의 과외가 결정된 상태였기에—준영 입장에선 차라리 영어 과외 자리를 알아보는 게 나았기에 100만 원을 불렀었다.

두말없이 오케이였다.

게다가 선불이었다.

더 불렀어도 됐을 것이라는 생각이 들었지만 이미 결정되어 버린 일이었다.

"누구십니까?"

벨을 눌렀는데 철문 안쪽에서 소리가 들렸다.

"한국어 과외 때문에 왔습니다."

털컹!

철문이 열리고 날카로운 눈매의 사내가 나왔다. 그리고 한참을 아래위로 훑어보다 고개를 숙이며 말했다.

"기다리고 계십니다."

"……."

준영은 시작부터 뭔가 '쎄' 한 느낌이 들었다.

문을 들어가 정원의 계단을 올라가자 문 앞을 지키던 사내들과 같은 옷차림의 사내들이 몇 명 더 눈에 띄었다.

'중국 흑사회?'

수상쩍긴 했지만 경호원이라 생각하면 딱히 두렵지는 않았다.

집 안으로 들어가자 집 밖과는 달리 실내는 완전히 중국풍으로 되어 있었다.

붉은색과 황금색 용 두 마리가 거실 가운데의 천장까지 닿아 있는 기둥을 타고 올라가는 조각은 그중에 으뜸이었다.

"멋지네."

돈을 벌면 준영도 꼭 꾸미고 싶을 만큼 멋진 작품이었다.

"서재에서 기다리고 계십니다."

"아, 예……."

차이나 드레스를 입은 아가씨가 안내를 했다.

걸을 때마다 늘씬한 다리가 보였지만 딱히 계속 시선이 가진 않았다.

그녀가 열어주는 문으로 들어가자 키보다 높은 책장에 빼곡히 책이 꽂혀 있는 것이 가장 먼저 눈에 띄었다.

서재라기보단 도서관 같은 분위기.

반지하로 내려가는 듯 계단을 내려가자 가운데에서 책을 읽고 있는 아가씨가 보였다.

단정한 짧은 머리를 질끈 묶어 긴 목선이 돋보였고 서재의 분위기와 달리 반팔 티셔츠에 반바지를 입고 독서 삼매경 중인 아가씨가 보였다.

반지하 서재에서만 지냈는지 유난히 뽀얀 살들이 시선을 어지럽힌다.

준영은 언제까지 기다릴 수 없어 중국어로 말을 했다.

"학생은요?"

"학생은 아니지만 제가 배울 거예요."

어디서 배운 버르장머리인지 고개조차 돌리지 않고 답한다.

물론 준영은 그런 태도를 탓할 생각은 추호도 없었다.

손님이 왕은 아니지만 돈값만큼 건방져도 된다는 게 그의 생각이었다.

"그럼 시작할까요?"

"……."

어떤 대단한 걸 읽고 있었는지 인상을 살짝 쓰며 돌아보는 그녀.

'오호! 이쁘네.'

서글서글한 눈매에 오뚝 솟은 코, 입술이 작은 것이 약간의 흠이지만 준영이 본 미인 중 열 손가락 안에 드는 미녀였다.

"좋아요. 시작해 보죠."

"그럼 어디서?"

"아뇨, 일단 테스트가 먼저예요."

"네?"

준영은 지랄도 풍년이라는 생각이 떠올랐다.

한국어를 가르치는 데 테스트라니.

그렇다면 국어학자를 데려다 과외 선생으로 쓰든지!

"기본적인 실력을 알아보고 싶은 것뿐이에요."

"가르칠 능력이 없다면 과외를 받지 않겠다는 얘기로 들리는군요."

준영은 살짝 짜증이 났고 목소리에 그 짜증이 드러나는 걸 감추지 않았다.

"테스트만 받아도 선불로 드린 돈은 돌려주지 않아도 돼요."

"하… 하하! 그렇군요. 즐거운 마음으로 임하죠."

준영은 테스트 한 번에 100만 원이라는 사실에 짜증이 사라지는 걸 느꼈다.

"참! 그래도 통성명은 일단 해야 하지 않을까요? 안준영입니다."

"…진능령이에요."

"시작하시죠."

말투까지 높임말로 바뀌는 준영.

능령이 본 준영의 첫인상은 나쁘지 않았다.

그녀는 자신을 바라보는 남자들의 시선이 어떤지 잘 알고 있었다. 한데 그의 눈엔 그런 욕구가 보이지 않았다.

태도도 괜찮았다.

테스트를 한다고 하면 돈을 던져 주고 가버리는 사람도 있었고 화를 내는 사람도 있었다.

하지만 그런 사람이 없는 것도 아니었기에 관심은 딱 그 정도였다.

능령이 내민 건 중국의 경제지였다.

"이걸 다 하라는 말은 아니죠?"

"50페이지 기사 부분을 해석해 주세요."

준영은 한국어로 읽기 시작했다.

"네네, 2035년 올해 중국 경제 연구소의 경제 전망에 따르면 중국 경기는 작년에 이어 약세……."

"약세가 뭐죠?"

"시세가 약하다. 즉 시세가 하락하는 거죠."

"계속하세요."

"약세가 지속될 것이며 당국의 억제적인……."

"억제."

"문맥상 억눌러 막는다는 정도로 해석하면 되겠군요."

"계속!"

준영은 한 페이지를 읽는 데 수없이 단어를 풀이해야 했다.

그 과정에서 준영은 능령이 한국어를 아예 모르는 것이 아니라 경제 용어나 경영 용어, 중국과 같은 뜻이지만 발음이 다른 한자어에 약하다는 걸 알 수가 있었다.

"…향후 주택 수요는 중소 도시에서의 꾸준한 실수요가 반영되어 회복될 전망이며 정부의 가격 억제 정책은 더 이상 시장을 안정화시키는 데 도움이 되지 않는다고 보고 있다. 이상입니다."

"꽤 용어를 잘 아시는군요."

"하하! 관심 분야라서……."

"그럼 다음 테스트를 하죠."

"…네네."

능령의 테스트는 계속됐다.

학생들이 인터넷에서 주로 쓰는 줄임 말과 외계어부터 각종 비속어와 욕까지.

하지만 준영은 막힘이 없었다.

'어라, 내가 이런 말도 알았던가?'

처음 듣는 말임에도 뜻이 떠올랐다. 대답을 하면서도 준영은 스스로에 대해 의구심을 느꼈다.

'원래 몸 주인이 알고 있었나 보군.'

하지만 곧 납득을 하고 다시 능령이 묻는 말에 답을 했다.

"끝이에요."

"오! 드디어 끝인가요?"

준영은 테스트가 끝난 것에 대해 진정 기뻤다.

네 시간 동안의 테스트라니. 돈 때문이긴 해도 못할 짓임에 분명했다.

"그럼 가보겠습니다."

준영은 자리에서 일어났다. 물을 마시고 싶다는 생각이 간절했다.

테스트의 성공 여부는 전혀 중요하지 않았다.

"목요일 날 뵙죠."

"네?"

"합격이에요. 당신에게 한국어를 배우겠어요."

능령은 꽤나 만족스럽다는 표정으로 합격을 알렸다.

하지만 준영은 전혀 엉뚱한 말을 꺼냈다.

"난 당신을 안 가르칠 건데요?"

"무슨… 말이죠?"

"당신 같은 학생 안 가르친다고요. 선생이라고 모든 걸 알아야 가르치나요? 자신의 분야가 아니라면 모를 수도 있죠.

사전을 보고 가르치면 어때요? 경영 용어나 경제 용어를 배워야 할 사람은 당신이지 내가 아니란 말입니다."

"……"

능령의 눈이 매서워졌지만 준영은 네 시간 테스트의 한을 풀려는 것인지 다시 말을 이었다.

"능령 씨라고 했죠. 달갑지 않은 충고겠지만 한마디 하죠. 물론 이건 공짜랍니다. 절대 혼자 공부하세요. 당신이 지금과 같은 생각을 가지고 있는 이상 어떤 사람도 당신을 만족시키지 못할 겁니다. 그리고 선불로 받은 돈은 분명 테스트만 받아도 돌려주지 않아도 된다고 말했으니 이만 전 가보죠. 그럼."

준영은 속이 다 시원하다는 표정으로 돌아섰다.

그런 준영을 뚫어버릴 듯 바라보던 능령의 조그마한 입이 달싹거렸다.

"200만 원."

움찔!

하지만 준영은 계단을 밟았다.

"300만 원."

움찔움찔!

잠시 움찔거렸지만 준영의 발은 여전히 움직이고 있었다.

"500만 원."

우뚝!

문 앞에서 준영의 걸음이 멈췄다.

'역시!'

능령은 돈 앞에 장사 없다는 한국 속담을 확인하곤 승자의 웃음을 지었다.

한데 돌아서는 준영의 얼굴은 왠지 모르게 잔뜩 일그러져 있었다.

'자존심에 상처를 입힌 건가?'

사실 네 시간의 테스트는 오기였다.

처음 경제지를 읽었을 때 막힘없는 그의 설명에 꽤 만족을 했고 합격을 시킬 생각이었다.

한데 너무 자신만만한 태도에 울컥해 이런저런 테스트까지 하게 된 것이었다.

게다가 자존심을 긁는 충고에 울컥해 평소 하지도 않는 돈 지랄을 한 것이었다.

'미안하다고 해야 하나?'

그녀의 아버지가 교통사고가 났을 때 그가 어떻게 행동했는지 들었기에 더욱 더 미안했다.

'손가락질을 하는 걸 보니 욕을 할 생각인가?'

마음에 드는 한국어 선생이었지만 자존심을 너무 상하게 했으니 한마디 들어주기로 하는 능령이었다.

"목요일 날 뵙죠!"

"……"

그 말과 함께 돌아서는 준영의 옆얼굴에 웃음이 활짝 피어 있음을 보았다.

능령은 슬퍼하는 것이라 생각했던 그 표정이 기쁨을 참는 표정이라는 걸 알게 됐다.

준영이 나가고 능령은 난생처음 알 수 없는 분노에 고함을 고래고래 질렀다.

"미친년."

능령에 대한 준영의 짤막한 소감이었다.

경영을 배우는 모양인데 그 정도 멘탈이면 회사 말아먹기 딱 좋다고 생각했다.

뭐, 덕분에 500만 원이라는 거금의 과외비를 선불로 받게 되었으니 불만은 없었다.

경호원들에게 둘러싸여 잠시 잠깐 생명의 위협을 받기는 했지만 말이다.

"다녀왔습니다."

"늦었구나? 저녁은?"

10시가 넘은 시간. 거실에서 뭔가를 하고 계시던 어머니가 준영을 반겼다.

"아직요."

"앉아라. 챙겨주마."

부엌으로 가시는 어머니.

어머니가 일어난 자리에 작은 인형이나 엽서에 붙이는 리본이 어지럽게 놓여 있는 것이 보였다.

모양을 살피고 재료가 되는 붉은 헝겊을 들어 인두로 살짝 지져 만들려고 해봤지만 어머니가 만든 것처럼 모양이 나오지 않았다.

준영은 물끄러미 바라보다 인두를 제자리에 두고 부엌으로 가 오래된 낡은 식탁에 앉아 뭔가를 준비하시는 어머니의 뒷모습을 바라봤다.

그리고 몇 번을 망설이다 힘겹게 입을 열었다.

"…엄마."

"응?"

아들의 부름에 하던 일을 잠시 멈추고 돌아보는 어머니.

그녀의 얼굴엔 늦게 들어온 아들을 위하는 따뜻한 미소가 걸려 있었다.

준영은 아무 말도 하지 못했다.

어머니는 다시 음식을 준비하셨다.

준영은 왠지 모르게 차오르는 습기를 말리기 위해 부지런히 눈을 깜빡거렸다.

저녁이 차려지고 숟가락을 들던 준영은 앞에 앉아 지켜보는 어머니께 말을 꺼냈다.

"나, 과외 아르바이트 시작했어."

"그래? 잘됐구나. 등록금 걱정 말고 친구들과 술 한잔하고 그래라."

"응, 그래서 엄마한테 용돈 드리려고."

"됐다. 너 써라."

"괜찮아요. 좋은 자리라 돈을 많이 받았거든요."

준영이 계속 드리겠다고 하자 어머니는 결국 계좌 번호를 말했다.

"호호! 그렇다면 조금만 주렴."

"잘 먹었습니다."

스마트폰을 조작해 돈을 보낸 준영은 밥을 먹고 일어났고 식탁을 치우고 뒤늦게 리본을 만들기 위해 거실에 있는 스마트폰을 확인한 준영의 어머니는 금액을 보고 깜짝 놀랐다.

─안준영 님이 김옥희 님께 500만 원을 송금하셨습니다.

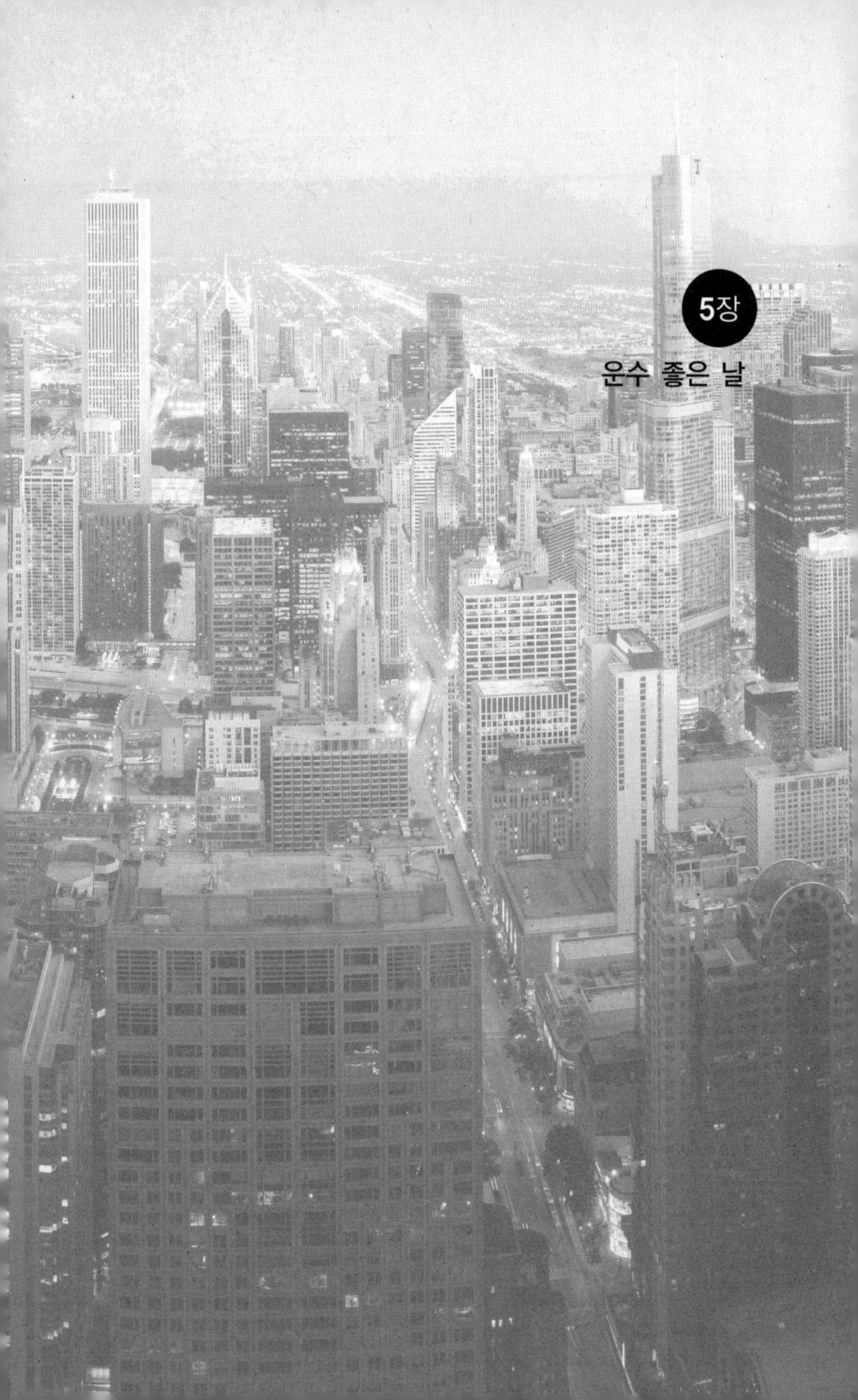

5장

운수 좋은 날

준영은 아침 5시 30분에 일어나 헬스클럽에 다녀온 후 간단히 아침을 먹고 집 근처에 있는 시립대로 향했다.

3년 전, 시립대를 졸업한 누나 현영의 학생증으로도 도서관 출입이 가능하다는 걸 알게 된 준영은 매일 그곳으로 등교를 했다.

도서관에 도착하면 일단 학생들이 잘 읽지 않는 신문과 잡지를 읽었다.

오전 시간을 그렇게 보내고 학생 식당에서 값싼 점심을 먹은 후 다시 도서관으로.

그때부터 수능 공부를 시작했다.

준영은 한 달 전 수능 공부에 앞서 입학할 학교를 정하고 과를 정했다.

현재 다니고 있는 학교에서 경영학을 마칠까도 생각해 봤다. 이미 석사 학위까지 딴 기억이 있었기에 어렵지 않게 졸업할 수 있으리라는 생각에서였다.

하지만 3류 대학 경영학과를 졸업해서는 미래에 대한 비전이 없었다.

그렇다고 딱히 대학에서 배우고 싶은 것이 있는 것도 아니었다.

결국 그가 가진 지식과 성능이 떨어지는 뇌를 가진 몸을 고려해 중위권 대학을 두 개 정도 정했고 컴퓨터공학과를 목표로 삼았다.

컴퓨터공학과로 정한 건 순간적으로 '이거다' 싶어서 선택을 한 것뿐이었다.

컴퓨터공학과는 이과로 국어, 수학 I과 II, 영어, 과학 탐구 영역에서 두 과목을 공부하면 되었다.

"으~ 이놈의 머리!"

도서관에 마련된 칸막이 책상에서 공부를 하던 준영은 자신의 머리를 주먹으로 치며 낮게 중얼거렸다.

방금 전에 외운 수학 공식이 가물가물할 뿐 생각이 나지 않아서였다.

생각은 천재라 불리던 준영이었는데 기억해야 할 머리가

주름이 없는지 도무지 따라주질 않았다.

이 경우 무작정 반복하는 수밖에 없다는 걸 잘 알고 있었다. 하지만 이젠 수능이 4개월도 남지 않은 상황이니 준영은 꽤나 답답했다.

"에잇! 몰라."

결국 준영은 머리도 식힐 겸 휴게실로 나갔다.

여름방학이라 휴게실에는 몇 명밖에 없었다.

시원한 음료수를 마시며 탁 트인 밖을 구경하자 조금 진정이 되었다.

그때 준영과 가까운 곳에 앉은 두 사람의 얘기가 들렸다.

자신도 해본 적이 있는 프로그램에 대한 얘기였기에 자연스럽게 귀를 기울였다.

"회계사 공부는 잘돼가냐?"

"같은 공부를 내년 2월까지 다시 하려니 미칠 지경이다. 넌 어때?"

"나도 비슷하지. 그런데 요즘 공부하기 좋은 장소를 발견했어."

"공부하기 좋은 장소?"

"응, 퓨텍에서 몇 달 전에 가상현실 회의실을 만들었잖아?"

"아, 그거. 근데 그거 보안에 취약하다고 기업들은 안 쓴다고 하던데? 게다가 시간 비율을 게임처럼 3:1로 했다가 욕 엄청 먹었잖아. 그래서 요즘은 1.5:1로 줄였다든가?"

"맞아. 시간 비율이 높으면 엄청 두통이 심하잖아. 한데 그게 중요한 게 아니라 거기에 수면 모드가 있어."

"거기서 자면 피곤이 더 잘 풀린대?"

"아니, 거기에 약간 버그가 있어서……."

준영은 두 사람의 대화를 듣기 위해 귀를 쫑긋 세웠지만 목소리가 작아져서 들리지 않았다.

중요한 얘기가 지나자 그들의 목소리는 다시 커졌다.

"진짜? 자면서도 공부가 가능하다고!"

"효과가 아주 좋은 건 아냐. 마치 한 달 전쯤에 한 번 본 것 같은 느낌이지만 그래도 그게 어디야."

"하긴 어렴풋이 흔적이라도 남아 있다면 도움이 되긴 하겠네."

꽤나 흥미가 가는 얘기였다.

준영은 그들의 대화에서 버그에 대한 정보가 나올까 싶어 더 들어봤지만 차츰 여름 바다와 여자 얘기가 주를 이루기 시작했다.

'물어볼까?'

예전의 준영이었다면 신경도 쓰지 않았을 것이다. 한데 현재 나쁜 머리를 가지고 있다 보니 은근히 당기는 건 사실이었다.

'혹시?'

검색의 신이라고 일컬어지는 사이트에 혹시나 나와 있을

까 스마트폰을 꺼내 검색을 해보았다.

역시나 몇 건이 검색되었다.

방법은 의외로 쉬웠다.

취침 모드로 잠들 시간을 지정한 후 강제로 헤드셋을 분리한다. 그리고 지정한 시간이 지난 다음 다시 헤드셋을 쓰면 캐릭터는 깨어 있고 사람은 몽롱한 상태로 잠이 든다는 것이었다.

백여 개의 댓글이 달려 있음을 확인하고 클릭을 했다.

―제가 한 10일 정도 테스트해 봤는데… 다음 날 졸리기만 합니다. 효과 없음요~

―윗분 글에 동감. 괜히 했음.

―난 효과를 봤지롱! 그래서 이번에 전교 1등 했다능.

ㄴ인증 못 할 거면 꺼져!

ㄴ옛다! 관심.

―이 방법 쓰레기임.

…

몇 명이 장난 식으로 괜찮았다 말하는 걸 제외하면 잠을 못 잔 것 같아 다음 날 공부에 지장이 있었다는 의견이 지배적이었다.

하지만 댓글을 읽어보던 준영의 눈이 커졌다.

'자각몽과 비슷하다.' 는 글이 눈에 띈 것이다.

심장이 거칠게 뛰었다.

자포자기하고 있었는데 의외의 곳에서 가능성을 발견한 것이다.

'진정하자. 테스트해 볼 가치가 있다는 정도일 뿐이잖아.'

게임을 통해 원래 있던 평행 우주의 지구로 돌아갈 수 있다? 웃기는 상상이었다.

물론 준영 자신이 이 세계로 온 것 자체가 웃기는 일이지만 말이다.

심장박동은 쉽게 진정되지 않았다.

더 이상 공부하기엔 무리라 생각한 준영은 가방을 싸서 시립대 정문에서 가까운 PC 방으로 들어갔다.

가상현실 게임이 나왔지만 PC 방은 크게 달라진 것이 없었다.

다만 초기 기계 구입비가 증가했는데, 한 자리당 200만 원쯤 하는 PC와 60만 원 상당의 헤드셋, 40만 원 정도 하는 글러브나 고글—모니터 대용—이 있어야 했다.

하지만 그건 PC 방 요금이 올라가면서 해결됐다.

"어서 오세요."

사장인 듯한 남자가 무표정한 표정으로 영혼 없는 인사를 한다.

준영은 시계를 보고 말했다.

"두 시간쯤 이용하려는데요."

"회원이세요?"

"아뇨."

"기계 임대료 포함 만 이천 원입니다. 혹 장비 손상 시 일정 금액이 추가로 부과됩니다."

헤드셋과 글러브가 비쌌기 때문에 당연한 얘기였다.

삐빅!

스마트폰을 결제기에 대자 결제가 되었다.

"15번 자리를 이용하세요."

PC 방은 예전의 세계와 다른 것이 없었다.

자리에 가 앉아 앞에 놓인 PC에서 헤드셋과 글러브를 빼 착용 후 의자를 젖혀 누우면 끝이었다.

그보다 먼저 할 일이 있었다.

스마트폰을 이용해 전자책 서점으로 가 유명한 수학 참고서를 구매 후 다운로드 받았다. 그리고 PC의 버튼을 누르자 스마트폰을 넣을 만한 상자가 튀어나왔다.

스마트폰을 연결하고 밀어 넣은 후 의자를 젖히고 눈을 감았다.

두둥~웅~

3D 운영체제가 구동되고 눈앞 공간에 많은 아이콘들이 떠 있었다.

퓨텍이라고 적힌 아이콘을 클릭하자 공간이 좌우로 벌어지며 새로운 아이콘들이 나타났다.

'여기 있군.'

준영은 회의실이라 적힌 아이콘을 찾아 클릭했다.

방의 제목, 방의 크기, 분위기, 비밀번호 등을 정하는 옵션 창이 나타났다.

적당히 선택을 하고 확인 버튼을 눌렀다.

순간 화면이 영화에서 우주선이 워프 할 때처럼 변했고 밝은 빛이 눈을 덮쳤다.

잠시 후 눈이 정상적으로 돌아오자 준영은 양복을 입은 채 회의실에 앉아 있었다.

예전 세상에서 중요하지 않은 회의를 할 때 몇 번 해봤기에 딱히 두리번거릴 이유는 없었다.

"그럼 해볼까."

메뉴를 열어 수면 모드를 2분 뒤로 설정하고 깨는 시간까지 정했다.

그리고 바로 헤드셋을 벗었다.

어떤 결과가 나올지 몰랐지만 약간의 기대감을 가지고 기다리던 준영은 어느 정도 시간이 지나자 다시 헤드셋을 썼다.

수면 모드는 헤드셋으로 자라는 신호를 보냈고 헤드셋은 뇌와 정보를 주고받으며 준영을 잠들게 만들었다.

잠들었지만 캐릭터는 깨어 있는 상태.

자각몽과 비슷한 것 같으면서도 완전히 달랐다.

"역시나……."

기대감은 그 크기만큼 실망감으로 돌아왔다.

거의 기대하지 않았다고 했지만 제법 크게 기대를 한 모양인지 준영은 한참을 텅 빈 회의실에 멍하니 앉아 있었다.

"에이! 공부나 하자."

애써 기분을 털어낸 준영은 설정을 열어 스마트폰과 동기화를 시켰다.

그리고 스마트폰의 내용이 보이는 창에서 다운로드 받은 수학 참고서를 밖으로 끌어냈다. 아이콘이었던 수학 참고서가 회의실에선 실제 책이 되어 나타났다.

문제는 제외하고 공식들과 기본 원리를 설명한 곳만 읽기 시작했다.

문득 그의 뒤에 있는 벽이 묘하게 일그러져 갔다. 하지만 책에 집중하고 있던 준영은 그러한 변화를 전혀 알지 못했다.

"아함~ 쩝쩝!"

PC방 사장은 카운터에 앉아 하품을 하고 있었다.

시립대 학생들이 방학만 하면 한가해지는 PC방을 보며 어떻게 손님을 끌어모을까를 생각해 보지만 딱히 마땅한 방법이 떠오르지 않았다.

그럴 때마다 '다른 일을 해야지.'라고 생각해 보지만 그 역시 마땅치 않았다.

"가상현실 게임 나오기 전까지가 딱 좋았는데……."

PC 방의 이익은 사실 게임비보단 먹거리를 팔아야 많이 남았다.

한데 가상현실 게임이 나오고 다들 누웠다 하면 나갈 때까지 일어나지 않으니 먹거리 판매량이 뚝 떨어져 버린 것이다.

게다가 설령 중간에 일어난다고 해도 학교 근처라 값싼 식당이 많아 먹고 들어오는 사람들이 더 많았다.

우우웅! 삐익! 삐익!

PC 방 사장이 이런저런 생각을 하며 멍 때리고 있을 때 갑자기 카운터 PC가 경고 음을 토해냈다.

"뭐, 뭐야?"

화들짝 놀라 체크해 보니 네트워크 사용량이 90퍼센트 이상 높아져 있었다.

"젠장! 바이러스인가?"

손님이 꽉 차서 몽땅 게임을 해도 70퍼센트 이상 넘어간 적이 없었다.

간혹 손님들의 바이러스가 있는 스마트폰이 컴퓨터와 연결되며 시스템을 감염시켰을 때 이렇게 높아지는 경우가 있었다.

PC 방 사장은 몇 가지 조치를 취해보며 네트워크 사용량을 떨어뜨리려고 했다.

바이러스야 백신이 있으니 치료를 하면 그뿐이지만 네트워크가 100퍼센트가 되는 순간 모두 게임에서 튕기는 것이 문제였다.

다행히 그의 행동이 통했는지 네트워크 사용량은 다시 정상으로 돌아가고 있었다.

"순간적인 오류인가?"

손가락으로 모니터를 몇 번 건드리던 PC 방 사장은 이상이 없자 커피를 마실 생각으로 카운터를 비웠다.

우우웅! 우우웅!

네트워크 사용량은 더 이상 변화가 없었지만 카운터 PC가 미친 듯이 돌고 있음을 그는 간과했다.

*　　　*　　　*

"할렐루야!"

종교를 믿지 않는 준영이었지만 PC 방을 나오자마자 만세를 부르며 소리쳤다.

단 두 시간 만에 아무리 외우려고 노력해도 쉽게 외워지지 않던 수학 공식들이 고스란히 머릿속에 담겨 있었다.

자신과 가상현실 속의 버그가 궁합이 잘 맞았는지, 아님 예전 세계에서 자각몽을 수련했던 것이 도움이 되었는지 원인이야 중요치 않았다.

기대감에서 실망감으로 바뀌었던 예전 세계로의 귀환을 잊을 만큼 기뻤다.

"오케이. 여기까지!"

예전 세계의 기억 능력 중 일부를 찾은 것—그것도 가상현실을 이용해—에 불과했기에 준영은 금방 평소대로 돌아왔다.

그리고 저녁에 해야 할 일을 위해 버스를 타고 홍대로 향했다.

예전 세계와 현 세계가 정치, 경제 규모 면에서는 다르지만 자연, 도시, 교통 등 지리적으로는 거의 완벽하게 흡사했다.

준영이 자주 다니던 음식점과 클럽도 그대로였고 매일 출퇴근하며 보던 거리도 그대로였다.

네온사인이 하나둘씩 켜질 때마다 거리를 걷는 사람들이 점점 많아지는 홍대.

느낌상 간만에 온 곳이지만 변한 건 많지 않았다.

"비슷한데 같진 않은 건가?"

준영은 자주 찾던 라이브 클럽 앞에 서자 기분이 묘했다.

이곳에서 만난 '하트홀릭'이라는 록 밴드가 마음에 들어 스타로 만들어준 적도 있었다. 한데 그 하트홀릭이 예전 세계와 달리 이곳 세계에서는 여전히 클럽에서 노래하고 있었다.

게다가 멤버들의 이름만 같을 뿐 얼굴이 전혀 달랐다.

다른 밴드들도 마찬가지였다.

"나만큼 바뀐 것은 아니잖아. 킥킥!"

운명이 가장 많이 바뀐 것은 준영 자신이 아니던가.

준영은 가볍게 키득대곤 다른 곳으로 발길을 돌렸다. 평일 지금 시간에 들어가 봐야 구경할 것도 없었다.

준영은 홍대 거리를 한 바퀴 돌며 가게 위치를 확인하고 분위기를 살폈다.

확실히 중국인으로 보이는 사람들이 많았다.

클럽에 가기 전 시간도 때울 겸 카페 테라스에 앉아 음료를 마셨다.

그러면서도 그의 눈은 쉴 새 없이 지나가는 사람들을 쳐다보고 있었다.

그러다 테라스 옆으로 화려한 민소매 티에 짧은 반바지를 입은 여자와 비슷한 민소매 티에 나풀거리는 치마를 입은 여자가 지나가는 걸 보고는 중국어로 외쳤다.

"예쁜 아가씨들, 주로 어디서 놀아?"

"……."

"……."

준영의 말에 아무 말 없이 이상하다는 듯 바라보고 있었지만 분명 중국인이 맞았다.

"이번 주말에 친구들이 간만에 한국에 와서 놀 곳을 찾는데 아는 게 있어야지. 재미난 곳 있으면 좀 가르쳐 줘. 혹 만나면 술 한 잔 쏠게."

"블랙아이스가 괜찮아."

반바지를 입은 여자가 피식 웃으며 클럽 이름을 말해줬다.

"고마워! 주말에 그쪽으로 와. 멋진 녀석 소개시켜 줄 테니까."

말이 끝나기도 전에 두 여자는 갈 길을 갔지만 준영의 말을 들었는지 자기들끼리 킥킥거리고 있었다.

준영은 지나가는 여자들 중 괜찮다고 생각되는 여자에게 계속해서 중국 말로 물었다.

그리고 처음 아가씨가 말해준 블랙아이스가 중국인들이 자주 가는 클럽이라는 걸 알게 되었다.

"아이~ 짱깨 새끼! 드럽게 시끄럽게 구네."

준영이 있는 테이블과 조금 떨어진 테이블에 앉아 있던 남자 세 명 중 한 명이 들으라는 듯 말했다.

준영은 셋을 쓰윽 훑었다.

클럽을 전전하는 클러버(Cluber)처럼 보이진 않았고 여자를 꾈 목적으로 나들이 온 애들 같았다.

"중국인 아니고 한국인이거든. 뭐 좀 알아볼 게 있어서 설문 조사 좀 했는데 시끄러웠다면 미안."

"······!"

반말로 했는데 욱하지 않고 당황하는 걸 보니 나쁜 녀석들은 아닌 모양이었다.

준영은 수첩에 몇 자 적은 후 자기들끼리 궁시렁대고 있는 세 사람에게 다가갔다.

"뭐, 뭐… 요?"

욕했던 이가 다가오는 준영을 보고 자리에서 벌떡 일어났고 덩달아 둘도 일어났다.

"아까 알아낸 정보 좀 주려고 왔으니 긴장 맙시다."

준영은 두 손을 가볍게 들고 평화적으로 왔음을 밝히곤 어정쩡하게 서 있는 세 사람에게 종이를 건넸다.

"홍대 클럽이 엄청 많아서 잘못 들어가면 남자들끼리 놀다 나올 겁니다. 거기 적힌 곳 중에 가봐요. 제일 위엔 서양 애들이 주로 다니는 데고, 다음은 중국 애들, 마지막 두 곳은 한국 애들이 주로 노는 곳이니까 마음에 드는 곳에 가요."

"……."

"그럼 즐겁게들 놀아요."

놀기에 비싸지 않은 적당한 곳을 찍어준 것이다.

"저, 저기요!"

막 돌아서서 가려는데 욕했던 남자가 준영을 불렀다.

"왜요?"

"혹시 이곳이……."

"부비부비 클럽이죠. 혹시 음악 클럽을 원하세요?"

절레절레.

남자 세 명이 고개를 흔드는 걸 보며 준영은 빙긋 웃고는 라이브 클럽 '락앤술'로 향했다.

버는 것은 중요하다. 그러나 즐기는 것은 더욱 중요하다.

준영의 모토(motto)와 같은 말이었다.

지금은 가난한 대학생에 불과했지만 그렇다고 아등바등 모으기만 하며 살 생각은 없었다.

형편에 맞게 놀지만 놀 때는 화끈하게 노는 그였다.

락앤술에 들어간 준영은 하트홀릭이 부르는 노래에 맞춰 점프를 하고 손을 흔들었다.

에어컨을 틀었지만 수많은 사람이 뿜어내는 열기에 소용없었고 그의 얼굴은 온통 땀범벅이었다.

와아아아아악!

클라이맥스로 가는 음악 소리에 관객들은 미처 날뛰며 소리를 질렀고 그들 중 준영은 더욱 미친 것 같았다.

하트홀릭의 음악이 끝나자 환호와 갈채가 쏟아졌다. 여전히 흥에 겨운 이들이 술을 하늘로 뿌렸지만 인상을 쓰는 사람은 없었다.

"와우! 역시 끝내줘!"

얼굴도 다르고 노래도 달랐지만 하트홀릭이 가진 그 힘만은 여전했다.

준영은 두 손을 불끈 쥐며 조금 전 느꼈던 짜릿함을 다시한 번 되새겼다.

"독일 맥주 네 병요."

클럽에서 파는 작은 병맥주 중 가장 비싼 맥주였지만 하트홀릭에게 줄 것이었기에 준영은 전혀 아깝지 않았다.

출연자 대기실이 어디에 있다는 것쯤은 알고 있었다. 그리고 입구를 지키는 덩치들을 피해 갈 수 있는 길도 말이다.

주방을 통해 빙 돌아가는 길이었지만 준영이 워낙 자연스럽게 지나가자 직원들도 고개만 갸웃거릴 뿐 제지하지 않았다.

대기실로 들어가자 막 공연을 마친 하트홀릭과 다음 공연인 팀이 같이 있었다.

"형들, 오늘 공연 끝내줬어요!"

"…넌 누구냐?"

"고생들 하셨습니다. 형들 목이나 축이라고 사왔어요."

하트홀릭의 멤버들은 전부 나이가 서른 전후였다.

그중 메인 보컬인 창욱은 자신의 물음에도 답하지 않고 방긋방긋 웃으며 맥주가 든 봉지를 내미는 준영을 보며 꽤나 신기하다는 듯 쳐다보았다.

얼떨결에 맥주를 받아든 창욱은 봉지를 확인했다.

자신들이 좋아하는 맥주인 걸 보니 팬인 모양인데 지금까지 한 번도 본 적이 없는 얼굴이었다.

"우리 팬이냐?"

"당연하죠. 그래서 처음 공연을 본 순간 바로 계… 아니, 형들의 노예가 되었다니까요."

"남자 노예 따위 필요 없는데……."

"하하하! 당연하죠. 노예는 역시 여자죠. 어쨌든 형들의 빅 팬입니다."

준영은 평소와 다르게 약간 들떠 있었다.

하지만 좋은 현상이었다.

낯선 세계에 떨어져 대범한 척, 괜찮은 척하며 살고 있지만 자신도 모르게 쌓여 있던 스트레스가 엄청났다.

한데 자신이 좋아했던 스타를 만나며 두 세계가 크게 다르지 않은 세계임을 은연중에 인정하며 서서히 풀어지고 있었던 것이다.

창욱은 준영의 행동에 피식 웃음이 터졌다. 멤버들도 싫지 않은지 모두 웃고 있었다.

"이름이 뭐냐?"

"안준영입니다. 아! 제가 쉬는 시간을 너무 뺏은 것 아닌지 모르겠네요. 다음에 다시 올게요. 파이팅!"

"큭! 정신 사나운 녀석. 사인은 안 필요하냐?"

"다음에 사인지 준비해 와서 받겠습니다."

가방을 메고 있어 넙죽 공책이라도 꺼낼 줄 알았던 창욱은 준영이의 말에 그가 자신들의 진짜 팬이라는 말을 믿을 수밖에 없었다.

"그래, 다음엔 맥주 안 사와도 되니까 꼭 와라."

"에이, 형은. 맥주는 필수다!"

창욱은 준영이 마음에 들었다. 기타리스트 형석도 그런지 농담까지 했다.

"알겠습니다! 그럼 쉬세요."

준영이 인사를 하고 손을 흔들자 하트홀릭 멤버들도 웃으며 손을 흔들어줬다.

밖에 나온 준영은 빙긋이 웃으며 중얼거렸다.

"돈을 많이 벌어야겠어."

언젠가 능력이 된다면 그 세계의 하트홀릭처럼 이들을 스타로 만들어주고 싶다는 생각을 했다.

준영은 오늘은 하트홀릭 멤버들에게 맥주를 건네주고 인사를 한 것만으로도 기분이 좋은지 콧노래를 흥얼거리며 집으로 향했다.

*　　　*　　　*

"그럼 내일 보자."

"아무리 그래도 소용없다니까 그러네요, 형."

"그건 두고 봐야 하는 거고."

민혁과의 두 번째 수업도 시시껄렁한 대화로 마무리되었다.

중학교, 고등학교 총 6년간 멋대로 지내던 민혁이 하루아침에 중국어를 배우겠다는 의지를 불태울 거라곤 전혀 생각하지 않았다.

준영은 두 달 정도 보고 있었다.

성공하면 좋지만 실패하면 두 달간의 과외비를 받는 걸로 만족하기로 했기에 딱히 그가 아쉬울 건 없었다.

민혁의 집에서 나와 능령의 집으로 갔다.

"한국어 실력이 어느 정돈지 알아보고 수업 방향을 정하도록 하죠."

사실상 첫 수업이었기에 능령의 한국어 능력을 파악하는 게 우선이었다.

시립대 도서관에서 뽑아온 한국어 능력 평가 시험지를 능령에게 건넸다.

여전히 매서운 눈빛으로 준영을 바라보긴 했지만 능령은 준영이 시키는 대로 따랐다.

능령은 제법 두툼한 문제지를 순식간에 풀어버렸다.

"…잘하는군요."

사실 준영이 만든 시험지는 한국어 능력 평가 시험의 초급, 중급, 고급 등급의 문제를 섞은 것이었다.

게다가 마지막 부분은 한국어의 어려움을 알려주기 위해 수능에서 나오는 문제를 섞어뒀다. 한데 능령은 그것마저 너무나도 쉽게 풀어버렸다.

"다음은 발음을 테스트해 보죠. 여기 적힌 글을 소리 내어 읽어보세요."

받침이 많은 글자들로 되어 있는 문장이었다. 천천히 한다

면 모를까 빠르게 읽는다면 한국인도 완벽하게 읽기 어려운
글이었다.

준영은 어떤 상황이 벌어질까를 상상하며 능령의 입술을
바라보았다.

"싫어요. 이건 하지 않겠어요."

한데 능령은 단호하게 거부했다.

"이유를 물어도 될까요?"

"필요 없는 것이니까요."

"이건 한국어를 제대로 발음하는지를……."

"싫어요!"

갑이 싫다는데 을이 어쩌겠는가.

"하… 하. 그럼 이 테스트는 없는 걸로 하죠. 마지막으로
한국어를 어느 정도 사용하는지 알아볼 생각인데 그건 괜찮
겠죠?"

"그래요."

"방식은 그냥 편안하게 얘기하는 걸로 하죠. 이제부터 한
국어만 사용해야 합니다. 시작!"

준영은 가벼운 질문부터 시작했다.

"좋아하는 색깔은 뭐예요?"

"붉은색이요."

"집의 인테리어를 보고 어느 정도 짐작은 했어요. 한국 음
식 중 좋아하는 거 있어요?"

"부대… 찌개 좋아해요."

"오! 그래요? 부대찌개가 유명한 곳이 의정부라는 곳인데 가봤어요?"

"가… 봤어요. 하지만 집 근처에서 먹는 것과 다를 바가 없더군요."

어려운 발음을 확실히 말하기 위해 잠깐 멈추는 것과 잘못 발음하는 곳이 있었지만 흠잡을 데 없는 한국어 실력을 뽐내는 능령이었다.

'후우~ 평범한 학생을 만나고 싶다.'

한 놈은 아예 공부할 생각이 없고, 다른 한 놈(?)은 가르칠 것이 없었다.

준영은 능령에게 한국어를 어떻게 가르쳐야 할지 생각해 보았다. 하지만 배울 필요가 없다는 생각만 들 뿐이었다.

"솔직히 말하죠. 난 능령 씨를 어떻게 가르쳐야 할지 모르겠어요. 개인적으로 배울 필요가 없다고 생각해요. 하지만 능령 씨가 절 선생으로 합격시킨 이유가 있겠죠? 무얼 배우고 싶은지 능령 씨가 말해봐요."

준영은 500만 원을 돌려줄 생각도, 줄 돈도 없었다.

그래서 책임을 능령에게 미룬 것이다.

한데 능령은 그런 준영을 다른 면에서 좋게 봤다.

큰돈이 걸렸을 때 대부분의 사람은 하지 못하는 일이라도 할 줄 안다고 말했다. 그렇게 기회를 얻어 잘되면 큰돈을 버는 것이고 안 되면 이런저런 핑계를 대며 유야무야 넘어가 버렸다.

중국에서 가정교사를 구할 때 그런 일을 여러 번 겪었던 그녀였다.

"옆에 있다가 내가 묻는 것에 대해 답해주면 돼요. 물론 모르는 건 준… 영 씨가 수단과 방법을 가리지 않고 알아서 알려줘도 되고요. 그리고 준… 영 씨가 오지 않는 날에 내가 모르는 부분을 체크해 둘 테니 와서 설명해 주면 되고요. 괜찮겠어요?"

자신의 이름을 발음할 때마다 뚝뚝 끊어 읽는 것이 걸리긴 했지만 그녀의 제안은 준영으로선 전혀 나쁘지 않는 방법이었다.

"좋습니다."

"그럼 시작하죠. 일단 체크해 둔 것은 저기 박스에 있어요."

하지만 박스를 열어 서류의 양을 확인한 준영의 얼굴이 살짝 일그러졌다.

두 시간으로는 확인하기도 힘들 분량이었다.

'시간이 끝나면 가면 되니까.'

마음을 편하게 먹은 준영은 손에 집히는 만큼의 서류를 들고 와 능령의 앞에 앉았다.

6장

토요일 밤에

'헐, 이제 보니 정말 예쁘긴 예쁘네.'

자세히 보니 열 손가락 안에 드는 정도가 아니라 세 손가락 안에 드는 미모였다.

준영이 자신을 빤히 보자 능령은 아미를 찌푸리며 물었다.

"왜 그리 빤히 보는 거죠?"

"예뻐서요. 아! 다른 의도는 절대 없어요. 본 그대로 말한 것뿐이니까요. 그럼 이것부터 하죠."

별일 아니라는 듯 말한 준영은 서류를 거꾸로 읽으며 능령이 연필로 동그라미 해둔 단어와 문장을 설명했다.

"보전은 온전히 보호해 유지를 시키는 것이죠. 보존은 잘

보호해 남겨두는 것이고요. 그렇다면 문화재를 후손에게?"

"보존."

"맞아요. 다음은…….

무지막지 많은 양이었다. 읽기만 해도 두 시간으로는 턱없이 부족했다.

거기다 서류 대부분이 기업의 계약서, 사업 계획서, 주문서 따위라 문맥까지 따져 가며 설명을 해야 했기에 시간은 더욱 걸렸다.

중간에 음료수 마시는 시간을 제외하고 계속 설명했지만 채 3분의 1도 끝내지 못했다.

"휴~ 오늘은 여기까지 하죠."

준영은 두 시간이 약간 넘었지만 보던 서류까지는 마무리를 하고 끝을 냈다.

한데 능령이 이상한 말을 했다.

"내일은 몇 시에 올 건가요?"

"그게 무슨? 과외는 화, 목 이틀간……!"

준영은 말을 하다가 아차 싶었다.

엄밀히 따지자면 100만 원을 받았을 때 한 계약은 자신이 테스트를 하고 난 뒤 끝이 났고, 500만 원을 받는 시점에서 다시 약속을 잡았어야 했다.

능령의 득의양양한 표정을 보니 암묵적 연장이라고 우길 수도 없었다.

'어쩐지 그날 돈을 선불로 주더라니… 쩝!'

방법은 두 가지였다.

오늘 일한 돈을 빼고 돌려주는 것과 적당한 타협을 통해 시간을 조정하는 것.

500만 원이라는 돈에 눈이 멀어 정확하게 정해두지 않은 건 자신의 실수였기에 준영은 손을 들 수밖에 없었다.

"항복입니다."

"무슨 말이에요? 내일 몇 시에 올 건지만 말해주세요."

항복을 했는데 받아주지 않는다는 건가?

준영은 눈앞에 아른거리는 500만 원을 생각했다.

능령은 항복 조건까지 말했다.

"하루에 세 시간씩. 화, 목, 토. 삼 일간."

수능을 공부할 획기적인 방법이 생기면서 아르바이트를 늘릴 생각이었다.

능령을 자르다면 다른 학생들을 다섯 정도 가르쳐야 하는데 그보다는 능령을 가르치는 게 훨씬 이득이었다.

그렇다고 묵묵히 당하기에는 자존심이 상했다.

"좋아요. 대신 한 달에 한 번, 토요일은 야외에서 수업하죠."

"야외요?"

"너무 안에서만 하면 딱딱하잖아요."

준영은 자신이 한 말을 확정한 듯이 다시 소파에 앉아 새로운 서류를 테이블에 올렸다.

능령의 답은 바로 나오지 않았다. 준영이 제안한 야외 수업의 숨은 의도를 파악하려고 했다.

아무리 생각해도 특별한 의도가 있어 보이지는 않았기에 결국 승낙했다.

"좋아요."

"오케이! 계약 완료. 다시 시작하죠."

딱히 갑(甲)을 놀려줄 생각은 없었다. 그저 그녀 모르게 그녀를 이용할 생각이었다.

＊　　　＊　　　＊

헤드셋과 글러브를 질렀다.

PC까지 구입을 해야 했다면 PC 방에 다녔겠지만 퓨텍의 회의실 프로그램은 스마트폰으로도 충분히 구동 가능했다.

"돈이 당최 모이질 않네."

종잣돈을 모을 생각이었는데 버는 돈보다 쓰는 돈이 많은 것 같아 가볍게 푸념을 하는 준영.

하지만 지금의 투자가 나중에 더 큰 이익으로 돌아올 걸 알기에 아깝지는 않았다.

"오늘은 과학 탐구 영역 중에서 물리를 공부해 볼까?"

점심을 먹고 헤드셋과 글러브를 사온 준영은 열람실에 앉아 스마트폰에 두 장치를 연결했다.

그리고 가상현실 공간으로 들어간다.

다섯 시간이 지났다.

그제야 부스스 일어난 준영은 후다닥 헤드셋과 글러브를 벗고는 물리 문제지를 꺼내 풀기 시작했다.

준영이 들고 있는 펜이 춤을 췄다.

한 시간쯤 미친 듯이 문제를 풀던 그는 볼펜을 놓고 답을 체크해 봤다.

"세상에……!"

수학 공식과 풀이 과정을 외웠을 때와 비교도 되지 않을 만큼 놀랐다.

200문제를 넘게 풀었는데 응용 문제 중 두 개 틀리고 모두 맞은 것이다.

준영은 멍하니 자신이 푼 문제지를 바라보고 있었다.

그의 머릿속엔 이 기술이 상용화되었을 때를 상상하고 있었다.

공부할 필요가 없었다.

영어를 배우고 싶으면 영어 책을 가상현실에서 보면 끝이었다.

모든 공부의 시작은 암기였다. 짧게는 몇 달, 길게는 몇 년 걸리는 것을 단 몇 시간 만에 해결해 버리니 어떻게 되겠는가.

많은 상상을 하던 준영은 결론을 내렸다.

'혼자만 알고 있자.'

물론 원인을 모르니 상용화시킬 방법도 없지만 설령 있다고 해도 혼자 알고 있는 것이 제일 좋았다.

모두가 똑똑한 세상?

노력하는 사람이 제일 먼저 거부할 세상이었다.

'다른 것도 될까?

공부가 아닌 다른 것도 될지 궁금했다.

하지만 시간을 확인한 준영은 다음으로 미뤄야 했다. 저녁 8시가 넘어 집으로 가야 할 시간이었다.

"아우, 머리야!"

흥분이 가라앉자 두통이 시작됐다.

무겁고, 아프고, 쑤시고.

무엇보다도 참을 수 없는 건 어디서 그런 통증이 일어나는지 모른다는 것이었다.

손으로 가볍게 머리를 때리며 신경을 분산시켜 보지만 입에선 절로 아프다는 소리가 나왔다.

준영은 밤새 끙끙 앓았다.

기묘한 악몽에 시달리다 새벽녘에 겨우 잠들었고 10시가 넘어서 잠에서 깨어났다.

"아후~ 아직도 골이 띵하네."

두 번 겪으라면 고개를 흔들 정도의 두통이었지만 몇 개월

죽기 살기로 공부할래, 하루 머리 아프고 말래를 선택해야 한다면 당연히 후자였다.

아래층으로 내려가자 누나인 현영이 부스스한 머리로 소파에 누워 TV를 보고 있었다.

그러다 준영을 보자 말을 했다.

"이젠 좀 괜찮니?"

"뭐가?"

"오빠가 출근하면서 너 많이 아픈 것 같다고 병원에 데려가 보라고 하더라."

"이젠 괜찮아."

"엄마 아빠하고 할아버지, 할머니는 산에 가셨어. 아침 챙겨줘?"

"아니, 내가 챙겨 먹을게."

준영은 간만에 마음 편히 쉬고 있는 현영을 부려먹고 싶은 생각은 없었다.

시원한 보리차를 마시자 멍한 정신이 깨는 것 같았다.

'뭘 먹지?'

정신이 깨고 나니 예전 세계부터 지금까지 먹기만 했지 음식을 만들거나 챙겨본 적이 없다는 걸 깨달았다.

준영은 물만 먹고 부엌에서 나올 수밖에 없었다.

"왜?"

"시켜 먹으려고. 누나는 뭐 먹을래?"

"니가 쏘는 거다. 크림 소스 스파게티."

"중국 음식으로 시킬 거야."

"한 그릇 배달되니 상관없잖아."

맞는 말이다.

그가 중국집 배달까지 걱정할 이유는 없었다.

앱을 이용해 주문을 한 후 현영과 같이 TV를 봤다. 예전 세상과 이름도 얼굴도 전혀 다른 연예인들.

새로움에 넋을 잃고 바라봤다.

따로 시켰지만 배달원들은 거의 동시에 도착했다.

"너, 그거 다 먹을 거니?"

"응, 왠지 소라도 잡아먹을 수 있을 것 같아서."

짜장면 곱빼기에 짬뽕 곱빼기.

준영은 몇 분도 되지 않아 짜장면을 해치우고 짬뽕 그릇을 잡았다.

준영이 두 그릇을 다 먹을 동안 현영은 스파게티를 반도 채 먹지 못하고 있었다.

"괴물! 아픈 게 아니고 배가 고파서 앓았던 거 아냐?"

현영의 말에 준영은 꽤 일리 있는 말이라고 생각하며 고개를 끄덕였다.

"운동하고 올게."

"열쇠 가져가. 나 좀 있다 나가."

"데이트?"

"신경 끄시지."

준영은 현영의 말에 신경을 끄고 헬스장으로 향했다.

토요일이라 사람들이 많았다.

바닷가로 휴가를 가는지 웃통을 벗고 자신의 몸매를 구경하는 남자들이 유독 많아 보였다.

눈이 썩을 것 같은 기분에 음악 소리에 맞춰 러닝을 시작하는 준영.

문득 평소와 다르게 시끄럽다고 느끼던 음악 소리가 유독 귀에서 맴돈다.

'뭐지?'

어떤 생각이 떠오를 것 같으면서도 막상 그것이 무엇인지는 생각나지 않았다.

잠시 생각하던 준영은 아무것도 떠오르지 않자 러닝에 집중하기 시작했다.

"으으음~ 흠흠~ 으흠~~음~"

달리며 땀을 흘리니 기분이 좋아진 준영은 자신도 모르게 그가 좋아하던 노래를 허밍으로 부르고 있었다.

러닝을 마치고 수건으로 젖은 땀을 닦으면서도 그의 허밍은 계속됐다.

그러다 자신의 허밍이 예전 세계에서 하트홀릭의 대표적인 히트 곡임을 상기해 냈다.

'······!!'

준영은 헬스클럽 탈의실로 달려갔다.

그리고 자신의 옷장에서 스마트폰을 찾았다.

인터넷을 켠 후 '노래 찾기' 라는 앱을 다운 받아 실행했다. 그리고 노래를 불렀다.

그녀와~~ 헤~ 어지고~~ 가는 길은~ 비가 와 보이지 않는~~ 창~ 문과~~ 같아……

옷을 갈아입던 사람들이 미친놈 쳐다보듯 그를 바라보았지만 준영은 그걸 눈치챌 정신이 없었다.

노래가 끝나고 '찾기' 버튼을 누르자 지구 아이콘이 빙글빙글 돌며 기다리라는 메시지를 보여줬다.

결과가 나왔다.

비슷한 곡이라며 미국, 덴마크, 노르웨이 가수의 노래가 정렬되었다.

1분 무료 듣기로 들었다.

세 곡 다 비슷하다고 보기에는 힘든 곡들이었다.

혹시 몰랐기에 즐겨찾기에 추가를 했다.

준영은 스마트폰을 끄며 좋은 생각이 난 듯 씨익 웃고 있었다.

토요일 밤의 홍대는 밤을 즐기고자 하는 청춘 남녀들로 들끓고 있었다.

어떤 이들은 연인과 추억을 만들기 위해, 어떤 이는 낯선 이성과 하룻밤의 쾌락을 느끼기 위해, 어떤 이는 홍대가 가진 자유로움을 즐기기 위해.

목적이야 어떻게 됐든 막연한 기대감으로 골목을 누비는 이들의 얼굴에는 웃음이 가득했다.

전면이 창으로 된 카페에 앉아 그런 청춘들을 보고 있던 준영은 서서히 얼음이 녹아 단맛마저 희미해진 탄산음료를 한 모금 마셨다.

그는 약속 시간보다 두 시간 일찍 도착해 머릿속으로 무언가를 정리하고 있었다.

"…야, 얼마 전에 또 당했다며?"

남들이 듣지 못하게 하려면 더 목소리를 낮추든가.

적당히 낮게 깐 목소리가 청력을 더 자극시킨다는 것을 모르는지 두 명의 남자가 꽤 흥미로운 얘기를 하고 있었다.

"응, 내가 아는 애의 아는 앤데 일어나 보니 모텔이었다고 하더라고."

"새로운 DRD인가?"

Date Rape Drug. 흔히 '물뽕'이라 불리는 데이트 강간 약물로 꽤 오랫동안 세계의 많은 여성들을 괴롭혀 왔던 물건이었다.

하지만 이십여 년 전 DRD를 알아낼 수 있는 매니큐어가

노스캐롤라이나주립대학 학생들이 개발함으로써 DRD는 급속히 사라져 갔다.

물론 새로운 DRD가 등장하기도 했다. 하지만 DRD 검출 약품의 개발이 더 빨랐다.

소수가 이용하는 DRD보다 다수가 이용하는 검출 약이 더 돈이 되었기 때문이다.

소량만으로도 DRD를 검출할 수 있었고 인체에 무해한 약품이었기에 대부분 들고 다녔고 처음 보는 사람과 술자리를 할 땐 확인하는 게 생활화되다시피 했다.

"글쎄? 내가 보기엔 그 애가 너무 방심하다 실수를 했을 수도 있겠지."

"하긴 요즘 aDRD(anti-DRD)로 확인 안 하는 애들도 종종 있으니까."

준영이 생각하기에도 방심이 부른 사건이었다.

두 사람의 대화가 다른 것으로 넘어갔기에 준영도 신경을 다시 창밖으로 돌렸다.

삐딱하게 쓴 스냅백—창이 일자로, 구부러지지 않은 모자—에 화려한 티셔츠, 그리고 요즘 유행인 에나멜 바지를 입은 민혁이 오고 있었다.

"요~ 준영이 형!"

"어서 와라."

민혁은 기분이 좋은지 힙합 가수처럼 어깨를 건들거리며

인사를 했다.

그리고 당장에라도 클럽에 가고 싶은지 자리에 앉지도 않고 준영의 손을 잡고 끌었다.

"가시죠, 형."

"아직 일러."

"두 탕 뛰어요. 1차는 형이, 2차는 제가 낼게요. 최근 엄마 때문에 술도 제대로 못 마셨거든요."

"두 탕이든 세 탕이든 오늘은 내가 낸다. 대신 마음을 활짝 열어라."

물론 오늘의 돈은 민혁의 어머니인 송민아 여사가 내는 것이었기에 준영은 호기롭게 말했다.

"큭큭! 형은 지치지도 않나 봐요? 마음의 문을 활짝 열죠. 그리고 정말 마음에 드는 여자가 있으면 죽을힘을 다해 중국어를 배울게요. 대신 한국 여자면 한국어를 배울 거예요."

"좋아."

"그럼 가요."

"아직 올 사람이 있어."

"누군데요? 여자?"

"너처럼 과외 받는 학생. 아! 저기 온다."

밖에서 처음 보는 능령의 모습에 준영은 눈이 커졌다.

7장

블랙아이스에서

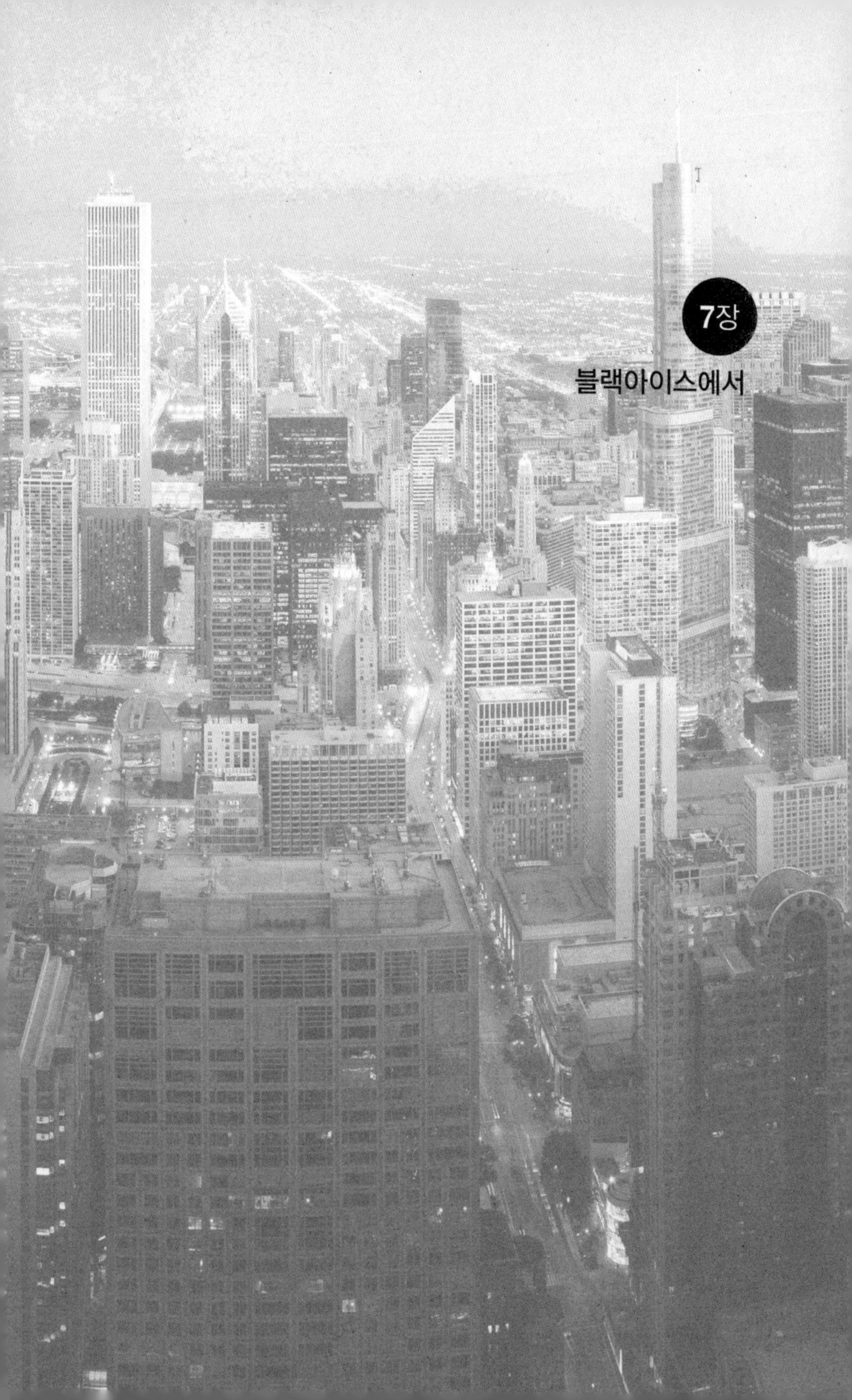

오피스 걸처럼 무릎에서 살짝 올라간 정장 치마에 와이셔츠를 입은 것뿐이었다. 한데 지나가는 남자들의 시선이 모조리 그녀가 움직이는 방향으로 따라 움직이는 기적이 만들어지고 있었다.

"허억! 숨막녀다."

민혁은 다리가 풀리는지 준영에게 기대며 소리쳤다.

숨막녀는 신조어로 숨이 막혀 죽을 것같이 생긴 여자의 줄임말이었다.

딸랑!

카페의 도어 벨이 울리며 능령이 들어왔다.

가게가 일순 조용해진다.

"이런 곳에서 공부를 한단 말인가요? 도대체 무슨 생각이 죠?"

능령이 살짝 인상을 찡그리며 말했다.

어떤 변태는 그녀의 그 모습에 오르가즘을 느끼는지 달뜬 신음 소리까지 냈다.

물론 변태는 사람들의 노골적인 시선을 받았고 준영은 그 변태와 능령을 데리고 카페 밖으로 나와야 했다.

"공부를 꼭 안에서 해야 한다는 생각을 버려요. 오늘은 한 국어를 얼마나 잘 사용하는지 볼 생각이에요. 일단은 야외 수 업이니까요."

"두고 보기로 하죠. 한데 쟨 뭐예요?"

넋을 잃고 자신을 바라보고 있는 민혁을 보며 능령이 말했다.

그러자 자기에 대해 말하고 있다는 것을 깨달은 민혁은 나에게 달라붙으며 물었다.

"형, 이분이 뭐라고 하는 거야?"

중국어로 얘기를 하고 있으니 모를 수밖에.

준영은 민혁을 무시하고 능령에게 말했다.

"내게 중국어를 배우고 있지만 중국어를 배울 필요가 없다 고 생각하는 학생이죠. 그러니 부디 이 학생에게 얘기할 땐 중국어로 말해주세요."

"감히…! 그렇게 하죠."

능령은 중국 문화에 대해 턱없이 높은 자부심을 가지고 있었다.

"형! 형! 뭐라고 하는 거냐고요?"

"별말 아냐."

준영은 아무것도 아니라는 듯 말했다.

혹시나 싶어 능령을 데려왔다. 한데 민혁은 정말로 한눈에 그녀에게 반해 버린 것이다.

짚신도 제짝이 있다는 말처럼 사람마다 나이마다 좋아하는 얼굴과 스타일이 달랐다.

자신이 보기에 예쁘다고, 잘생겼다고 해서 남들도 그렇게 느낄 것이라 생각하면 착각이었다.

물론 누구나 봐도 잘생기고 예쁜 사람도 있었다. 하지만 그 사람에게 모두 끌리는 것은 아니었다.

능령이 준영의 열 손가락 중 세 손가락 안에 드는 거지 민혁의 열 손가락 중 어느 손가락 안에 들지는 미지수라는 얘기였다.

준영은 둘을 소개했다.

"여긴 민혁. 여긴 능령."

"니하오."

"니하오! 꾸냥!"

준영은 만족스러운 표정을 지었다. 민혁의 입에서 처음으로 중국어가 나온 것이다.

민혁이 귓속말로 속삭였다.

"형, 혹시 저 누나가 전에 말했던 그 중국인?"

"글쎄?"

민혁은 능령을 준영이 중국어를 배우게 된 동기가 된 여자로 착각하고 있었지만 준영은 착각을 고쳐 줄 생각이 없는지 말을 얼버무렸다.

"아이, 똑바로 말해봐요! 애인이에요, 아니에요?"

"아니야."

"정말이죠?"

"응."

"그럼 제가 사귀어도 되는 거죠?"

"능력이 된다면."

"후회하지 마요. 전 한다면 하는 놈입니다."

클럽이 아니라 얘기할 수 있는 조용한 카페를 가는 게 더 낫지 않을까 싶었지만 능령이 클럽에서 어떻게 놀지가 궁금해졌다.

물론 과외 시간이 늘어난 것에 대한 약간의 심술도 포함되었다.

그들은 블랙아이스로 향했다.

*　　*　　*

청각을 일깨우는 사람들의 즐거운 비명 소리.

심장마저 같은 박자로 뛰게 만드는 신나는 음악 소리.

후각을 마비시키는 땀, 체향, 각종 향수 내음.

이들보다 압도적인 건 사이키 조명의 깜박임 속에 흐느적거리는 청춘들.

술집 아가씨들이 추던 춤을 아이돌 가수가 추고, 그 아이돌 가수의 춤을 따라 하며 자란 세대들의 춤은 거칠 것이 없었다.

성행위를 연상케 하는 동작이야 스테이지에 있는 누구나 하고 있는 것이라 딱히 눈에 띄지 않았다.

여자가 무릎을 꿇고 앉아 입을 벌리고, 남자가 앞에 서서 여자의 머리를 잡고 허리를 놀리는 정도는 돼야 시선이 갔다.

"휘익!"

민혁은 휘파람을 불었고, 준영은 대수롭지 않다는 듯 바라봤고, 능령은 표정을 굳혔다.

"이런 곳에 온 이유를 정확히 말하는 게 좋을 거예요."

"하… 하, 다음에 설명하죠."

이용하기 위해 데려왔다고 말한다면 당장에라도 죽일 기세였기에 준영은 화제를 전환했다.

"한데 경호원들은 왜 밖에 둔 거예요?"

"…숨이 막혀서요."

두 마디의 말이었지만 모든 것이 이해가 되는 말이기도 했다.

능력만 된다면 애지중지 키워온 딸에게 24시간 경호원을 붙여놓고 싶은 건 모든 아버지들의 소망일 것이다.

한편으론 부잣집 딸의 투정이었고, 다른 한편으론 자유를 잃은 여자의 가벼운 반항심이었다.

"안에선 내가 지켜줄게요."

준영이 호기롭게 말했고, 능령은 스스로의 몸조차 보호하기 힘들 것 같은 준영의 말에 어이없다는 듯 피식 웃었다.

이른 시간에 온 것이 다행이었다.

룸은 아예 없었고 운 좋게 2층에 있는 마지막 테이블을 차지할 수 있었다.

"한국어로 주문해 봐요."

나중에 이것도 교육이라고 우길 생각이었던 준영.

어렵지 않다는 듯 메뉴판을 보던 능령은 웨이터를 보며 말했다.

"이거, 이거, 이거."

"……."

준영이 황당한 듯 바라보자 능령은 어깨를 으쓱할 뿐이었다.

"자, 나가 놀아요!"

민혁의 몸은 벌써 리듬을 타며 들썩이고 있었다. 고등학생이라 보기엔 그 모습이 너무 익숙해 보여 한두 번 온 것 같지 않았다.

"이렇게 우르르 몰려 나가서 뭐하게? 알아서 놀아."

"그러죠. 헤이, 꾸냥!"

민혁은 능령을 바라보며 나가 춤추자고 손짓으로 말을 했고 능령은 무표정한 얼굴로 '꺼져!' 라는 손짓으로 답을 했다.

몇 번 주춤거리며 능령과 스테이지를 반복해 바라보던 민혁은 결국 스테이지를 향해 내려갔다.

"능령 씨는 왜 안 나가요?"

"졸업한 지 꽤 됐어요."

"헐, 이렇게 좋은 곳을 왜 졸업해요? 퇴학당할 때까지 버티고 또 버텨야죠."

"…그러는 댁은 왜 안 나가요?"

"바로 나가는 건 초보나 하는 짓이죠. 일단 타깃을 잡고 나가야죠."

"하아~ 전문가군요."

준영의 말에 능령은 어이없다는 듯 바라보았다. 그녀가 보기에 준영은 결코 클럽을 자주 다닐 정도의 사람으론 보이지 않았다.

사실 준영도 나가 즐기고 싶었다.

하지만 아무리 즐기는 것을 좋아하지만 자신이 데려온 사람을 테이블에 홀로 두고 나갈 마음은 없었다.

주문한 술이 테이블에 놓였다.

"칵테일로 마시나요?"

"알아서 마실게요."

준영은 타 줄 요량으로 물었다. 하지만 능령은 단칼에 거절하고 직접 제조를 했다.

보드카에 얼음, 거기에 토닉 워터를 넣고 aDRD를 살짝 뿌렸다. 그리고 색깔이 변하는지 확인을 한 다음 오렌지 주스를 적당량 부었다.

"잘 타는군요."

"졸업생이라고 했잖아요."

준영의 경우는 얼음과 토닉 워터만 넣은 보드카를 선호했다.

"한 잔 할까요?"

"그러죠. 하지만 많이 먹어도 취하지 않아요."

"난 오래 살고 싶어요. 하하하!"

보드카와 오렌지 주스를 섞으면 '스크루 드라이버' 라는 칵테일이 된다.

스크루 드라이버는 여자들이 맛있게 먹고 자신도 모르게 취해 쓰러진다고 해서 우먼 킬러, 레이디 킬러라고도 불렸다.

준영은 능령의 농담에 농담으로 답하며 웃음을 터뜨렸다.

"……."

능령의 반응을 보니 농담이 아니었던 모양이었다.

“하… 하… 미안합니다.”

준영은 참 팍팍하게 사는 여자라 생각하며 사과를 했다. 그리고 시선을 스테이지로 옮겨 민혁을 찾았다.

말보다는 몸으로 얘기를 나누는 곳이니 얼굴과 몸매가 되는 민혁은 어느새 꽤 귀여운 아가씨와 짝을 이루고 있었다.

음악이 끝나고 잠깐의 휴식 시간이 주어졌다.

민혁과 귀여운 아가씨가 뭔가를 속닥이고 있었다. 한데 대화가 되지 않는지 민혁의 몸짓이 조금씩 커지고 있었다.

준영은 결국 헤어지고 올라오는 민혁을 보고 큭큭대며 웃었다.

여자가 영어를 모른다고 해도 한국어만 약간 했어도 괜찮았을 것이다. 민혁이 한국어를 거의 못 한다고 해도 대충은 듣고 말할 수 있었으니까 말이다.

“큭큭큭! 운이 없구나, 민혁아.”

“쩝! 어쩔 수 없죠. 기회는 아직 많으니까요. 그리고 무엇보다도 능령 누나가 있으니 상관없어요!”

“我不喜歡的人誰也不會說中國話!”

“엥? 누나가 뭐라는 거예요?”

자신의 말에 중국어로 뭐라고 말하는 것을 본 민혁은 준영에게 무슨 말을 하는지 물었다.

“중국어 못 하는 사람과는 상종하기도 싫단다.”

“허억! 내 말을 알아듣는 거예요?”

"당연하지. 능령 씨는 한국어, 중국어, 영어 삼 개 국어를 하거든. 하지만 너한테는 중국어로만 말해달라고 부탁했어."

"으아~ 너무하세요, 형! 저는 능령 누나랑 말하고 싶어요!"

민혁은 애교를 떨며 능령에게 다가갔다.

"滾!"

"꺼지라는 말이군요?"

"큭큭! 잘 아네."

민혁은 결국 울상을 지으며 물러났다. 그리고 술을 마시면서 꼭 중국어를 마스터하겠다며 각오를 다졌다.

*   *   *

류만식은 신촌 일대를 주름 잡는 하나파의 중간 보스로 유별난 취미를 가지고 있었다.

클럽을 돌며 괜찮은 여자를 보면 DRD를 먹이고 근처 모텔에 가서 즐기는 것이었는데, 오늘도 그는 먹잇감을 찾아 룸에 설치된 화면을 바라보고 있었다.

술을 마시며 쇼핑하듯 여자를 바라보는 그의 눈빛은 성욕에 번들거리고 있었다.

"형님, 얘는 어떻습니까?"

항상 붙어 다니는 동생의 말에 살짝 눈을 찌푸리며 화면을 바라봤다.

예쁘고 착한 몸매를 가지고 있었지만 성형외과에서 찍어 나온 듯한 얼굴이었다.

류만식은 성형수술을 했다고 싫어하는 것은 아니었다. 신 붓감 구하는 것도 아니고 그저 하룻밤을 즐기는 데 이런 것 저런 것 따질 이유가 없었다.

하지만 오늘은 왠지 좀 다른 스타일과 즐기고 싶었다.

클럽에 물들지 않은 순진한 여자들 말이다.

"수수한 애들로 찾아봐라."

"예, 형님."

네 명의 동생은 류만식의 말을 알아듣고는 다시 여자 찾기 에 몰두한다.

그러다 한 명이 화들짝 놀라며 소리쳤다.

"헉! 형님, 얘 어떻습니까?"

"오오! 대박이다!"

류만식이 확인하기도 전에 동생들의 감탄사가 터져 나왔 다.

류만식의 인상이 구겨졌다.

분명 그는 수수한 애를 찾아보라고 말했었다. 아니다 싶으 면 혼내줄 생각으로 자리에서 일어나 화면으로 다가갔다.

그는 눈이 좀 나빴다.

"……!"

동생들을 혼내주겠다는 생각은 화면을 확인하는 순간 사라졌다. 그리고 첫 경험을 하던 그날처럼 심장이 마구 뛰기 시작했다.

'가, 갖고 싶다!'

직업이 깡패이다 보니 예쁜 애들은 수도 없이 봤었다. 하지만 지금까지 화면에 나온 여자만큼 예쁜 애들은 없었다. 게다가 살짝살짝 인상을 쓸 때마다 자신의 심장이 아려오는 느낌마저 들었다.

"근데 얘는 아무래도 있는 집 애 같은데요…….."

동생 중 한 명이 딴죽을 걸었다.

류만식도 그가 하는 말이 뭔지는 알았다.

있는 집. 흔히 배경이 빵빵한 집안을 잘못 건드리면 그만의 문제가 아니라 하나파 자체가 사라질 수 있었다.

그래서 지금까지 문제가 될 만한 애들은 아예 건드리지도 않았었다. 특히 이 생활(?)을 오래 하다 보니 척 보면 견적이 나왔다.

화면 속의 여자가 건드리면 안 되는 여자임을 만식도 본능적으로 느끼고 있었다.

하지만 놓치기 싫었다.

가능하다면 철저하게 망가뜨려서 데리고 살고 싶어지는 여자였다.

그래서인지 만식의 입에서 험한 말이 튀어나왔다.

"그래서 뭐? 이 씨발 놈아!"

"예……?"

"니가 저 년이 있는 집 자식이라는 거 어떻게 아는데? 니가 저 년에 대해 알아? 아느냐고!"

말을 했던 동생은 직감적으로 잘못 말했다는 걸 깨달았다. 그래서 잘못을 빌려고 했다.

"죄, 죄송합니… 컥!"

하지만 늦었다.

류만식의 구둣발이 가슴에 박혔다.

"씨발! 언제부터 우리가 있는 년인지 없는 년인지 따졌는데? 말해봐, 이 개새끼야!"

퍽! 퍽! 퍽!

소파에 엎드린 동생을 향해 주먹을 마구 날렸다.

처음 발길질에 숨이 막히는 듯해 말을 못 하고 있는 동생은 몸을 웅크린 채 만식의 분노를 그대로 받아들였다.

"후우~"

벌컥벌컥!

한참을 때리고 나자 화가 풀렸는지 머리를 쓸어 올린 만식은 앞에 놓인 술을 벌컥거리며 마셨다.

"오늘은 저 계집으로 한다. 알겠나?"

"…알겠습니다, 형님!"

군대는 아니지만 까라면 까야 했다.

그리고 멀리 있는 위험보다는 가까이에 있는 위험이 더 큰 법이었다.

"어?!"

"아!"

준영은 막 자신의 옆 테이블에 앉는 두 명의 여자를 보며 놀랐고, 두 여자 역시 준영을 보고 가벼운 감탄사를 토해냈다.

"저분들은 또 누구예요, 형?"

민혁이 존경스럽다는 듯 준영을 보며 물었다.

"우연히 아는 사람."

두 여자는 준영이 이곳 블랙아이스 클럽이 괜찮다고 말해줬던 아가씨들이었다.

"이쪽 분이 그때 말하던 친구분? 저쪽 분은… 한 잔 사준다는 약속은 다음으로 미뤄야겠네요?"

유독 야하게 옷을 입은 아가씨가 능령을 보더니 묘한 웃음을 지어 보였다.

"난 신경 쓰지 말아요. 그리고 제발 이 남자 둘 데리고 가줘요. 술 마시려는데 꽤나 귀찮거든요."

능령이 준영과 민혁의 등을 떠밀었다.

"괜찮겠어요?"

준영이 물었다.

"…제발 가요. 그래야 나한테도 남자가 붙죠. 아무도 안 오잖아요."

"이런! 배려를 한다는 것이 방해가 되었군요."

못 이기는 척 준영은 민혁과 자리에서 일어나 옆 테이블로 옮겼다.

능령의 마음이 진짜 귀찮은 건지는 몰랐지만 버티고 앉아 있는 것도 뻘쭘했기 때문이었다.

두 여자와 합석을 하고 적당히 짝이 정해졌다. 민혁과 짝이 된 여자는 한국어를 잘하진 못했지만 다행히 그와 대화가 통했다.

"나가서 놀아요."

준영은 짝이 된 여자의 제안에 흔쾌히 고개를 끄덕이며 그녀와 스테이지로 내려갔다.

조금 전에는 힙합 음악이었는데 이번엔 일렉트로닉 음악이 주가 되어 클럽 안을 울리고 있었다.

준영은 음악에 맞춰 가볍게 몸을 흔들었다.

한데 그와 짝이 된 호련이라는 아가씨는 처음부터 꽤 과감하게 다가왔다.

준영은 싱긋 웃으며 호련의 허리와 다리에 가볍게 손을 대고 그녀의 움직임과 보조를 맞췄다.

하체부터 상체까지 바싹 붙은 상태였기에 서로의 숨소리마저 또렷이 느껴질 정도.

호련의 손은 거침없이 준영의 가슴을 쓸어내리고 하체 근처를 맴돌기도 했다.

준영은 호련의 눈을 보며 허리에 있던 손을 조금씩 위로 움직였다.

급할 건 없었다. 이제 알아보기 시작한 단계.

대화로 치자면 이제 호구조사를 마친 정도. 손과 허리를 움직여 호련의 한계를 알아본다.

다가온다고, 눈앞에서 섹시한 춤을 춘다고 바로 힙이나 가슴으로 손이 가면 귀싸대기 맞기 십상이었다.

손이 닿는 곳 중 민감하지 않은 곳부터 천천히 훑어가다가 몸을 흔들다 우연히 닿은 것처럼 살짝씩 민감한 부위를 만지는 것이 좋았다.

그러다 서로가 맞지 않는다면 다른 파트너를 찾으면 되고 맞는다면 과감하게 나가면 되었다.

준영은 호련과 시선을 맞추고 있었지만 그녀가 뒤로 돌 때나 시선을 다른 곳으로 돌릴 때 틈틈이 능령이 있는 곳을 바라보았다.

술을 마시고, 접근해 오는 남자를 거부하고, 다시 술을 마시고, 다시 접근해 온 남자를 거부하고 있었다.

'그냥 적당히 즐기며 살지……'

겨우 세 번 봤고, 사적인 대화를 한 적이 없는 터라 능령에 대해 아는 것은 없었다. 정확하게 말하자면 이곳 세계의 능령에 대해서 말이다.

예전 세계에서 능령의 아버지 진 대인과는 사업 관계로 부딪힌 적이 있었었다.

진씨 부녀의 이름도 다르고 얼굴도 달랐지만 회사 이름만은 같았다.

명천집단.(집단=우리나라의 그룹)

그저께 준영은 능령이 보여준 서류를 설명하면서 그 이름을 본 것이다.

기업과 기업의 싸움은 전쟁과 비슷했다.

잃는 자는 수만 명의 직원을 거리로 내몰아야 하는 상황.

준영은 그때 명천집단의 후계자였던 진 대인의 딸이 경영하던 회사를 공격했었다.

여기 세계의 능령과 같은지는 알 수 없지만 완벽주의자인 아버지와 달리 심성이 여렸던 그녀는 결코 직원들의 희생을 강요하는 준영의 공격을 막을 수가 없었었다.

결국 명천집단은 그녀가 경영하던 회사를 준영에게 넘기기로 하고 물러났었다.

악귀! 네놈이 먹는 그 와인은 한 집안 가장의 피야! 기억해 둬. 언젠가 반드시 네놈의 피를 내가 마시고 말 테니까!

주식을 양도한 후 이어진 축하 파티에 난입한 그녀가 울면서 준영에게 했던 말이었다.

준영은 상념을 지웠다.

이미 돌아가기에는 요원한 세계였고, 이곳에서는 자신이 약자였기에 누굴 걱정한다는 것이 우스웠다.

준영은 눈앞의 호련에게 집중하기 시작했다.

"잘들 논다."

능령은 스테이지에서 놀고 있는 준영과 민혁을 보며 퉁명스럽게 중얼거렸다. 그리고 앞에 놓인 술잔을 신경질적으로 비웠다.

"저, 혼자 오셨으면 같이 노실래요?"

"됐어요!"

"그러지 마시고, 룸 잡아놨는데 거기서 한잔하시죠. 저 말고도 잘생긴 친구들이 꽤 많아요."

능령은 짜증스러웠다.

벌써 세 번째였다.

어렸을 때부터 거절을 쉽게 하지 못하는 성격이라 냉정하고 무뚝뚝하게 말하는 법을 배웠다. 하지만 술에 취한 사람들 앞에선 내숭으로 보일 뿐이라는 걸 알고 있었다.

"저기 내 남자 친구가 다른 여자랑 춤추고 있어서 그럴 기분이 아니에요. 그러니 그냥 가죠?"

"…아, 미안합니다."

납득하고 돌아가는 남자.

"짜증 나! 왜 그걸 납득하냐고!"

남자는 확실한 거절이라고 생각했기에 돌아간 것이었지만 능령은 자신이 그렇게 처량하게 보였다는 사실에 짜증이 났다.

어느새 술이 비어 있었다.

능령은 웨이터를 불러 추가로 주문을 했다.

"보드카 한 병, 토닉 워터 세 개, 오렌지 주스 주세요."

"알겠습니다."

능령은 주문을 받고 돌아서는 웨이터가 기분 나쁜 웃음을 짓고 있다는 걸 보지 못했다.

말랑말랑한 입술이 닿는 느낌.

참 오랜만이었다. 거기다 부드러운 혀까지.

손은 호련의 봉긋한 가슴의 탄력과 따뜻함을 제대로 느끼고 있었다.

"하아! 잠깐 목이나 축일까?"

"흐응~"

호련은 섹시함에 애교까지 많았다. 그녀를 끌어안고 테이블로 올라갔다.

'응? 갔나?'

능령이 테이블에 없었다.

키스를 하기 전까지는 분명 있었었다.

"여자는 갔나 봐?"

"으응, 그런가 봐."

"센스가 아예 없지는 않네."

은근히 좋아하는 호련.

아무 말 없이 간 것이 마음에 살짝 걸렸지만 호련과 오늘 밤을 같이 보내려면 오히려 잘된 것일 수도 있었다.

"술도 새로 주문했나 봐. 가져와서 먹자."

준영은 문득 테이블을 쳐다보았다.

아직 한 잔도 따르지 않은 술, 오렌지 주스가 담긴 병의 겉에 맺힌 물방울. 그리고 능령이 앉아 있던 자리에 쏟아져 있는 듯한 물.

'물?'

"잠깐만!"

"응? 왜?"

막 술을 옮기려던 호련이 의문을 표했다.

하지만 준영은 대답을 하지 않고 능령이 앉았던 자리를 살펴보았다.

준영은 왠지 불안한 느낌이 들었다.

능령은 온도 차로 생기는 물방울조차 자신의 앞에 떨어지는 걸 그냥 두고 보는 성격이 아니었다.

바닥에 떨어져 있는 생수 뚜껑, 능령의 자리에 흘려져 있는 물, 그리고 아까 들었던 두 남자의 이야기.

"혹시 aDRD 있어?"

"응, 있어."

"좀 줘볼래."

준영이는 제발 현재 자신이 생각하고 있는 것이 착각이길 바랐다.

만일 상상하고 있는 것이 실제 일어났다면?

현재 이 세계의 능령의 아버지, 진 대인이 어떤 사람인지 모르지만 예전 세계의 10분의 1만 되어도 준영은 죽은 목숨이었다.

아니, 가족들까지 위험할 수도 있었다.

받아 든 aDRD를 조심스럽게 테이블 위에 흘려져 있는 물에 떨어뜨렸다.

"젠장!"

준영은 색깔이 변하는 물을 보곤 눈을 질끈 감으며 소리쳤다.

"어머! 이, 이건…! 어, 어떻게 된 거야?"

호련이 놀라며 옆에서 뭐라 뭐라 물었지만 준영은 듣지 못했다.

준영은 집중하기 시작했다.

큰일을 당할수록 더 냉철해지는 게 그의 성격이었다.

'낯선 사람이 다가와서 권했다면 마셨을 리 없다. 설령 피치 못하게 마실 일이 있다 해도 aDRD를 분명 사용했을 것이다. 능령은 DRD가 든 물을 마시고 정신을 잃었을 것이다. 하면 물병은 누가 갖다 줬을까? 그녀가 의심하지 않을 상대일

것이다. 그리고 쓰러진 후 물병을 치울 수 있는 상대.'

준영은 생각을 마쳤다.

"호련 씨, 아무래도 오늘은 그만 들어가는 게 좋을 것 같아. 민혁에게도 그렇게 전해줘."

"…응."

DRD를 본 호련은 준영의 말에 순순히 고개를 끄덕였다.

준영은 바로 아래층으로 내려갔다. 그리고 주변을 두리번거리며 누군가를 찾았다.

'찾았다!'

준영은 막 주방에서 나와 2층으로 올라가는 웨이터에게 다가갔다.

"잠깐만요."

"무슨 일이시죠?"

"부탁할 게 있어서요."

준영은 십만 원을 꺼내 웨이터에게 건넸다. 그리고 말을 이었다.

"성공하면 백 배를 드리죠."

"…무슨 일인데요?"

천만 원이라는 소리에 웨이터의 표정이 바뀌었다. 그리고 주위를 쓰윽 훑어보며 돈을 집어넣었다.

"조용한 데서 말했으면 하는데… 한 이삼 분 정도면 됩니다."

"그럼 이쪽으로 오세요."

웨이터가 데려간 곳은 박스들이 쌓인 식자재 창고로 보였다.

"무슨 일인지 말을……!"

퍽! 쟁그랑! 텅! 텅!

준영은 웨이터가 들고 있던 술병을 잡고 그의 입을 막으면서 머리를 내려쳤다.

그가 들고 있던 쟁반이며 그 위에 있던 잔, 생수 통들이 떨어졌다.

"왜? 켁!"

준영은 바닥에 쓰러진 그의 입을 찼다. 그리고 배와 다리를 중점적으로 밟거나 찼다.

순식간에 벌어진 일이라 웨이터는 바닥을 기며 몸을 웅크렸다. 비명도 지르지 못했다. 숨을 쉬는 것조차 힘들었기 때문이었다.

'시, 시발 새끼야! 쟁반 모서리로는 때리지 마!'

정신을 잃고 싶었으나 관절 부근을 지근지근 밟아대니 고통에 머리만 하얘질 뿐이었다.

이러다 죽겠다 싶어 웨이터는 죽을힘을 다해 입을 열었다. 하지만 이가 몇 개 사라졌는지 말이 제대로 되지 않았다.

"왜… 왜 이러… 쉐요?"

준영은 구타를 멈췄다.

"DRD 먹인 여자 어디로 데려갔지?"

"무, 무슨······?"

준영은 웨이터의 입을 막았다. 그리고 오른손에 깨져서 날카롭게 변해 버린 병을 치켜 올렸다.

준영은 나지막이 말했다.

"말하는 게 두렵다는 거 알아. 어떤 놈들인지 모르겠지만 말하면 다치겠지. 한데 이거 하나만 알아둬. 건드리면 안 되는 것도 있는 거야. 그 여자가 다치면 넌 죽어. 아니, 너희 가족들도 죽어. 물론 이곳에 그 여자를 데려온 나도 죽게 될 거야. 말해."

준영은 그의 입을 막고 있던 손을 뗐다.

"저, 저, 전 무슨 말인······!"

준영은 다시 입을 막고 말했다.

"병신! 분위기가 파악이 안 되지? 말했잖아. 나도 죽게 된다고. 그런데 내가 널 살려둘 것 같아?"

병을 들고 있던 오른손이 주춤거림도 없이 웨이터의 어깨에 박힌다.

"으! 아··· 아아아악!"

손으로 막고 있지만 비명이 터져 나왔다.

준영은 아예 막는 걸 무시하고 오른손을 마구 휘둘렀다. 팔, 배, 다리 할 것 없이 거친 병이 여기저기에 박혔다 떨어졌다를 반복했다.

결국 웨이터가 입을 열었다.

"하, 하나파… 류, 류만식이 데, 데려… 갔습니다."

"어디?"

"모, 모르겠습니다. 저, 저, 정말입니다!"

"짐작되는 곳은?"

"그, 근처 모, 모텔입니다. 사, 사, 살려주세요. 제발!"

준영은 들고 있던 병을 한쪽으로 던지며 일어났다. 그리고 떨어진 물수건을 주워 팔에 묻은 피를 닦았다.

"제발 무사하길 바라야 할 거야. 그럼 네 목숨만으로 해결 될지도 모르지."

붉은색으로 바뀐 물수건을 던지고 준영은 창고 밖으로 나왔다. 그의 눈빛은 아주 늪이라도 되는 듯 깊게 가라앉아 있었다.

8장

폭주

준영은 화를 잘 내는 편이 아니었다.

아니, 진정으로 화를 낸 적은 별로 없었다.

누군가가 큰 실수를 해도, 회사에 막대한 손해를 입혀도 그냥 그 사람이 질 수 있는 법적 책임만 묻고 넘어가는 편이었다.

하지만 한 가지 참지 못하는 게 있었다.

자신의 책임하에 있는 사람이 다치는 건 병적으로 싫어했고, 진실로 뱉은 말은 반드시 지키려고 노력했다.

어린 시절 부모님과의 약속을 어기고 나쁜 친구들과 어울려 놀러 갔다가 그날 부모님이 돌아가셨다는 얘기를 듣고 난 다음부터 생긴 트라우마였는지도 몰랐다.

해외 지사에서 일하던 직원들이 테러에 휘말려 죽었던 적이 있었다. 그때 용병을 돈으로 사 그 테러 단체가 없어질 때까지 괴롭혔다.

물론 또 다른 보복 공격에 다칠 것을 조심해 비밀리에 한 것이지만 말이다.

준영은 블랙아이스를 빠져나왔다. 그리고 능령의 경호원들을 찾아 그들에게 뛰어갔다.

"…무슨 일이지?"

피 냄새를 맡았는지 그들의 눈빛이 바뀌었다.

"능령이 DRD를 먹고 납치되었어요."

"뭐!"

경호원 중 한 명이 준영의 멱살을 잡았다. 하지만 준영은 개의치 않고 말을 계속했다.

"납치한 놈이 하나파의 류만식이라더군요. 납치된 시간은 대략 10분 전. 이 근처 모텔에 있을 가능성이 높아요. 부를 사람 있으면 최대한 빨리 불러요. 그리고 바로 움직이죠."

"너, 이 자식! 그분이 잘못……."

"죽겠죠. 그리고 지금 이럴 시간 없어요. 당장 움직여야 해요. 당장!"

"혹여… 잘못되면 넌 자살하는 게 편할 거야."

경호원들은 준영에게 협박을 한 후 어디론가 전화를 하며 움직이기 시작했다.

"잡히는 거보다는 자살이 낫겠지."

준영은 스마트폰으로 홍대 근처의 모텔을 검색하면서 중얼거렸다.

물론 능령이 잘못된다고 자살할 생각은 없었다.

가족들을 데리고 도망칠 것이다. 쫓기기야 하겠지만 도망갈 자신도 어느 정도 있었다.

하지만 그건 결과가 나온 다음의 일이었다. 일단은 그녀를 구하는 게 우선이었다.

"니미……!"

검색된 모텔 수를 보니 아찔해졌다.

가까운 신촌과 이대까지 치면 수십 개가 넘었다.

띵동!

"뭐야?"

이상한 소리와 함께 갑자기 스마트폰이 미쳤는지 마음대로 움직였다.

지도가 나타났다. 그리고 서교동사거리에서 합정역 쪽으로 붉은 점이 깜박이며 움직이고 있었다.

정보? 해킹? 장난? 오류?

몇 가지 생각이 떠올랐지만 이미 몸은 합정역 쪽으로 뛰고 있었다.

해킹이든 뭐든 나중에 생각할 문제였다.

'어디로 간 거야!'

뛰면서 경호원을 찾기 위해 두리번거렸지만 이미 어디론가 움직였는지 보이지 않았다.

"허억! 헉! 허억! 헉!"

온 힘을 다해 뛰다 보니 평소의 운동도 소용이 없었다. 금세 숨이 차올랐다.

하지만 멈출 수가 없었다.

붉은 점은 어느새 합정동 J모텔에 멈춰 있었다.

끼이익! 끼익! 빠아아앙! 빵! 빵! 빠빵!

도로를 가로지르다 보니 차들이 급정거를 했고 경적을 미친 듯이 울려댔다.

하지만 준영에게는 전혀 들리지 않았다.

그는 지금 몇 명이나 있을지, 어떻게 상대해야 할지를 고민하고 있었다.

J모텔의 간판이 보였다.

뛰는 속도를 줄였다. 숨을 고르며 천천히 걸어 J모텔로 다가갔다.

'두 명.'

그냥 지나가느냐, 해결하고 가느냐가 고민이 되었다.

사실 준영은 싸움을 잘하는 것도, 엄청난 몸을 가진 것도 아니었다.

이 세계 준영의 기억 속에 어린 시절 동네에서 놀았던 기억이 있긴 하지만 무력을 직업으로 삼고 있는 조직폭력배에게 통할 리가 없었다.

가진 건 오직 브레이크 없는 생각뿐이었다.

하지만 때론 죄의식을 느끼지 않는 생각이, 상대를 인간으로 보지 않고 오로지 무찔러야 할 적으로 보는 생각이 더 강력한 힘을 발휘할 때가 있었다.

손에 쥘 만한 돌이 눈에 보였다.

준영은 돌을 움켜쥐고 담배를 피우고 있는 두 사람 앞으로 다가갔다.

"아이고! 형님들! 헤헤! 담배 하나만 주시면 안 될까요?"

"아가, 그냥 가라."

술에 취한 척 비틀거리며 다가서는 준영을 보고 사내 중 한 명이 귀찮다는 듯 손을 흔들었다.

"에이~ 담배 값이 비싸졌다고 대한민국의 담배 인심이 이렇게 이래서야 되겠습니까! 형님, 그러지 마시고 제발 한 대만 주세요. 수중에 한 푼도 없는데 담배가 피우고 싶어 미칠 지경입니다."

"그 새끼… 참, 말귀 못 알아듣네."

"야야! 그냥 하나 줘서 보내."

"…네, 형님."

"헤헤헤! 감사합니다."

준영은 허리를 굽히며 후다닥 다가갔다.

"자, 꺼져!"

"형님, 이왕이면 불쌍한 중생을 위해 불도 내려주십시오."

"어휴! 씨발 놈! 때릴 수도 없고."

사내 중 한 명이 손을 올렸다가 내리며 시선을 이리저리 돌렸다. 그때…

픽!

"……!"

준영의 무릎이 그대로 남자의 생명에 박혔다.

인정사정 보지 않았기에 한 개의 메추리 알(?)이 터져 버렸고 사내는 앞으로 서서히 무너져 내렸다.

그리고 막 눈치를 챈 다른 사내의 머리를 후려쳤다.

파악!

"이… 아흑!"

피가 튀었다. 하지만 준영의 동작은 끝이 아니었다. 방금 친 곳을 다시 내려쳤다.

"이 씨발!"

깡패는 깡패였다.

피를 질질 흘리면서도 주먹을 뻗으며 반격을 해왔다.

준영은 이를 악물고 주먹을 맞았다. 하지만 눈을 감지 않았고 반복적인 동작을 멈추지 않았다.

픽! 픽! 픽!

사내는 바닥에 쓰러졌고 뻗는 주먹의 힘은 약해졌다. 그리고 눈이 서서히 풀리고 있었다.

"그, 그만⋯⋯."

사내는 항복을 했다. 하지만 그 말도 끝내지 못했다. 준영의 돌을 쥔 손이 턱에 박힌 것이다.

사내를 완전히 기절시킨 준영은 메추리 알이 터져 끙끙거리며 누워 있는 사내에게 다가갔다.

"그, 그만⋯⋯."

퍽!

그 사내도 말을 끝까지 못 했다. 준영의 발이 시원하게 그를 차올렸기 때문이었다.

두 사내에 비하면 멀쩡했지만 준영도 다쳤다.

사내의 주먹에 맞아 입은 터졌고 눈은 순식간에 부어오르고 있었다.

가장 심각한 곳은 돌을 쥐었던 손바닥.

뼈가 보일 정도로 움푹 파여 있었다.

준영은 자신의 피와 사내의 피가 잔뜩 묻은 돌을 대충 던져버렸다.

"알아서 해결해 주겠지."

경찰은 진 대인에게 맡기기로 했다. 사내의 품을 뒤졌다. 적당한 길이의 칼을 찾아낸 준영은 J모텔로 들어갔다.

"어서 오세⋯ 꿀꺽!"

요즘 무인 모델 같지 않게 카운터에 사람이 있었다.

준영의 상태를 보더니 침을 삼키는 사내는 20대 초반의 야리야리한 인상의 소유자였다.

두려움이 가득한 얼굴, 흔들리는 눈빛, 아래로 내려가는 손.

류만식이 이 모텔을 찾은 것을 보면 그들과 아예 관계가 없는 것은 아닐 것이다. 하지만 그렇다고 크게 연관이 있어 보이지는 않았다.

준영은 말로 해결을 보려 했다.

"타인의 범행을 눈감아준 것으로 굳이 자신의 목숨을 걸어야 할 필요가 있을까?"

"…그게 무슨……."

"정신 잃은 여자를 류만식이 데리고 올라갔을 거야. 놈이 급한 성격이라면 벌써 성욕을 풀고 있을지도 모르겠지. 그렇다면 당신이나 나나 죽게 될 거야. 고작 그런 일로 죽을 리가 없다고 생각하겠지? 그 여자의 배경을 알고 나면 당연하다고 생각하게 될 거야. 자, 놈은 어디에 있지?"

1초도 아까웠기에 준영은 속사포처럼 말했다.

알아듣는다면 다행이지만 못 알아듣는다면 듣게 만드는 수밖에 없었다.

준영은 칼을 쥔 손에 힘을 주며 모텔 직원의 말을 기다렸다.

"4, 4층에 백합실로……."

"몇 명?"

"두 명이요. 여기 보세요."

그는 살짝 옆으로 비켜섰고, '4층 복도'라고 적힌 화면에 한 명이 어슬렁거리고 있는 게 보였다.

"혹 누가 찾아와서 물으면 협박에 어쩔 수 없었다고 말해. CCTV 지우지 말고. 마스터 카드!"

"여, 여기 있습니다."

준영은 자신이 해줄 수 있는 말을 하고 마스터 카드를 받아 위층으로 올라가려 했다.

"저, 저기……."

"왜?"

"좌측 복도 끝에 청소하는 분들이 사용하는 엘리베이터가 있습니다. 그쪽으로 가면……."

"고마워."

따르릉! 따르릉!

막 다시 돌아서려는 순간 카운터에 있는 전화벨이 울렸다. 준영은 무시하려다 직원을 대신해 전화기를 들었다.

─J모텔이죠? 혹시 그곳에 정신 잃은 젊은 여자를 데려온 남자들 있습니까?

'이런 방법도 있었군. 쩝!'

능령의 경호원으로 짐작되는 목소리였다.

"능령 씨 여기 있어요. 최대한 빨리 와주세요."

협박하는 말이 흘러나오고 있었지만 준영은 자신의 말만 하고 전화를 끊었다.

좌측 복도 끝으로 가 문을 열자 작은 엘리베이터가 나왔다.

엘리베이터 안에는 청소 도구가 든 카트와 일할 때 입는 옷가지들이 놓여 있었다.

4층을 누르고 놓여 있는 옷을 입었다.

품이 넉넉한 옷이라 껴입는 것임에도 수월하게 입을 수 있었다.

띵!

4층에 도착했다.

준영은 카트를 끌고 엘리베이터를 나와 복도로 향하는 문을 밀었다.

"어, 뭐야?"

문을 등진 채 복도를 지키던 사내는 뭔가가 등을 밀었기에 한쪽으로 물러났다.

청소하는 아주머니였다. 사내는 인상을 쓰며 좁은 복도의 벽에 기대며 지나가길 기다렸다.

"어?"

하얀 옷에 묻어 있는 붉은 자국들. 피였다.

청소하는 아주머니라 생각했던 이가 고개를 치켜들었고 얼굴을 확인하는 순간 뭔가가 잘못되었다 느껴 몸을 움직이려 했다.

하지만 카트가 하체를 누르고 있어 옴짝달싹도 하지 못했다.

"큭!"

옆구리로 섬뜩한 무엇이 박혔다. 손을 움직여 준영을 잡으려 했지만 급속도로 빠지는 힘에 허우적거릴 뿐이었다.

"이 개⋯⋯."

할 수 있는 일이라곤 원독이 가득한 목소리로 욕을 하는 것뿐이었다.

하지만 그마저도 얼굴로 날아오는 쇠로 된 빗자루 때문에 불가능했다.

퍽! 퍽! 퍽!

준영은 쓰러질 때까지 빗자루를 휘둘렀다.

"허억, 허억!"

잔뜩 긴장한 상태로 과하게 힘을 쓰다 보니 준영은 꽤 지쳐 있었다.

당장에라도 바닥에 누워 쉬고 싶었지만 아직 일이 끝나지 않았기에 다시 힘을 내 움직였다.

준영은 마스터 카드를 꽂았다.

'삐리릭!' 하는 소리와 함께 문이 열렸고 안으로 들어갔다.

"⋯⋯."

바지를 까 내린 채 빳빳해진 남자의 상징을 드러내고 있는 류만식.

그는 와이셔츠와 브라가 벗겨진 채 정신을 잃고 쓰러져 있는 능령의 팬티를 내리고 있었다.

"뭐 하는 새끼야!"

"거기 누워 있는 애 과외 선생이다, 개새끼야!"

190㎝가 넘어 보이는 키에 덩치까지 큰 만식이 도둑질을 하다 들킨 사람처럼 당황하고 있는 지금이 기회였다.

준영은 말을 하면서 바로 그를 덮쳐 갔다.

"X만 한 게 어딜!"

'X도 작은 게.'

만식의 말에 어이없어 하면서도 준영은 어느새 지척에 이르렀다.

주먹 밥을 먹고 살아서인지 만식의 대처는 빨랐다. 어느새 준영을 향해 주먹을 뻗고 있었다.

픽! 뿌득!

"크아악!"

주먹을 뻗는 순간 준영이 그 주먹을 향해 머리를 갖다 댄 것이다.

만식의 손목뼈가 박살이 나며 덜렁거렸다.

준영도 무사하지 못했다.

충격에 대비했지만 눈앞이 번쩍 하며 몸이 절로 옆으로 날아가 화장대에 처박혔다.

"이 개새끼, 죽여 버리겠다!"

눈이 밝아지는 순간 준영의 머리 위로 뭔가가 떨어져 내렸다.

"큭!"

이를 악물며 안으로 파고들었지만 등에 맞는 건 피할 수 없었다.

등뼈가 부서지는 듯한 통증. 그러나 위기의 순간 뇌에서 생성된 각종 호르몬들이 그 통증을 잊게 만들어주었다.

만식의 품 안으로 들어온 준영은 무작정 앞에 보이는 만식의 거시기를 향해 칼을 찔러갔다.

"……!"

만식은 칼에 찔린 적이 몇 번 있었다. 하지만 지금 이 순간만큼 끔찍한 고통은 겪은 적이 없었다.

비명도 나오지 않았고 온 세상이 하얗게 보였다. 그리고 오직 한 가지 생각만이 머릿속을 맴돌았다.

과연 복구가 가능할까라는…

준영은 피투성이가 된 자신의 하체를 부여잡고 쓰러지는 만식을 감정 없이 바라보고 있었다.

그리고 바닥에 뒹구는 전등을 들었다.

고통에 끙끙거리며 제발 그만하라는 눈빛을 보내는 만식을 보며 준영은 말했다.

"불쌍한 표정 짓지 마. 너희들은 약자는 당연히 먹히는 세상이라 생각하잖아. 안 그래? 넌 여자를 먹었고 난… 너를 먹는 것뿐이야. 니들이 좋아하는 약육강식이라는 단어처럼 말이야."

"……!"

만식은 준영의 눈빛을 보고 잘못했다고 빈다고 해서 그만둘 위인이 아님을 알게 되었다.

얼굴을 향해 내려오는 전등을 보고 눈을 질끈 감았다.

준영은 화가 났다.

제자인 능령을 건드리려 한 것에 화가 났고 얌전히 살아가는 자신을 이렇게 만든 것이 화가 났다.

무엇보다도 화가 난 건 끔찍한 짓을 저지르면서도 죄의식 하나 없는 자신에게 화가 났다.

그 분노는 그대로 만식에게 전해졌다.

능령은 참을 수 없는 열기에 목이 마르다는 생각이 들었다.

'아, 물!'

그리고 물을 마시고 싶다는 생각과 함께 웨이터가 준 물을 마시고 정신을 잃었던 것이 생각났다.

끔찍한 생각에 온몸에 소름이 돋았다.

눈을 뜨려 했다.

만근이라도 되는 듯 눈을 뜨기가 쉽지 않았다.

너무 힘들어 포기하고 싶은 마음이 들 정도였지만 이를 악물고 겨우 희미하게나마 앞이 보일 정도로 눈을 뜰 수 있었다.

'서, 설마 너… 였던 거니?'

눈앞의 상대는 의외로 그녀가 아는 상대였다.

서서히 몸에 감각이 돌아오며 그가 무엇을 하는지 알 수 있을 것 같았다.

치욕스러웠고, 당장에라도 눈앞의 상대를 갈가리 찢어버리고 싶어졌다.

그리고 왠지 모르게 눈물이 나올 것 같았다.

눈이 마주쳤다.

욕이라도 한마디 해주고 싶었지만 입이 떨어지지 않았다.

한데 남자는 엉망이 된 얼굴로 웃으며 그녀에게 말하고 있었다.

"괜찮아. 아무 일도 없었어. 약속 지키러 왔으니까… 이젠 괜찮아……."

그가 하는 말이 어딘가 이상했다.

'안심이라도 시키고 계속하려는 건가?'

한 번 시작된 의심은 쉽사리 풀리지 않았지만 너무나 부드럽고 상냥한 말투라 자신이 오해를 하고 있는 것이 아닐까 하는 생각이 들었다.

다시 그를 보았다.

그의 눈엔 어떤 욕정도 없었다. 오히려 너무 슬퍼 허무해 보이기까지 했다.

능령은 믿어보기로 했다.

그의 등이 보였고 그가 힘겹게 자신을 업으려 하고 있음을 알았다.

"끄응, 생각보다 무겁네."

'아, 아니거든!'

능령은 키에 비해 날씬한 편이라고 소리치고 싶었지만 그럴 수 있는 상황이 아니었다.

'…따뜻해.'

졸렸다. 승차감(?)은 좋지 않았지만 심장 소리와 포근함에 절로 잠이 쏟아졌다.

"…무거워."

두덜대는 준영의 말투에 능령은 살짝 미소를 띤 채 잠이 들었다.

*　　　*　　　**

원형 탁자에 앉아 차를 마시며 진 대인은 보고를 듣고 있었다.

"능령은?"

"병원에 있습니다. 의사 말로는 아무런… 이상이 없었다고 했습니다."

능령의 경호를 맡았던 사내는 보고를 하면서도 잔뜩 긴장하고 있었다.

아무리 능령이 무사했다고는 하지만 자신의 책무를 제대로 하지 못한 것은 지워지지 않는 사실이었기 때문이다.

"준영, 그 친구는?"

"치료받고 병원에서 하룻밤 지낸 후 바로 집으로 돌아갔습니다."

"상태는?"

"타박상이 많았지만 크게 다친 곳은 없었습니다."

"능령을 노렸던 자들은?"

"관련자들은 물론 하나파의 두목, 부두목, 행동 대장 및 중간 간부와 주력 세력까지 모조리 잡아뒀습니다."

"류만식만 놔두고 적당히 처리하게."

진 대인이 말하는 '적당히'라는 단어는 죽음을 말하는 것이었다.

하지만 죽음이 더 편할 것이 분명했다.

류만식은 죽고 싶어도 죽지 못하는 몸이 되어 세상에 버려질 것이 분명했기 때문이다.

"알겠습니다. 한데… 준영이라는 선생이 한 놈은 가능하다면 살려주라고……."

"그 친구가?"

진 대인은 입으로 가져 가던 찻잔을 멈추고 흥미롭다는 표정으로 사내를 보았다.

진 대인이 보기에 준영은 특이한 놈이었다.

10개 국어를 능수능란하게 하고 특수부대도 아닌 일반 보병으로 전역한 이가 조직폭력배 넷을 반병신으로 만들어 버린 것이다.

특히 CCTV에 찍힌 그의 동영상을 보는 순간 거칠긴 했지만 마치 잘 훈련된 킬러처럼 행동하는 모습이 그에게 꽤나 인상적이었다.

"이유가 뭐라든가?"

"그게… 담배를 달라고 했답니다."

"담배를 준 것도 아니고 달라고 했다고?"

"아가씨를 구하러 들어갈 때 접근할 수 있게 해줬답니다. 저도 무슨 말인지 모르겠지만 말입니다."

"위기의 발단이 되긴 했지만 무사히 구한 것도 그 녀석이니 그 정도 부탁은 할 수 있겠지. 놈이 말한 녀석은 보내주게."

"그렇게 하겠습니다. 신촌은 어떻게 할까요?"

굳이 먹을 만큼 큰 곳은 아니었지만 그냥 내버려 두기엔 아까운 곳이었다.

"말 잘 듣는 놈으로 앉히게."

"알겠습니다. 그리고… 저희들은……."

"다음은 없다. 벌은 능령에게 받도록."

"알겠습니다."

진 대인은 사내가 무슨 말을 하려고 했는지 알았다. 그래서 말을 중간에 끊었다.

경호에 실패한 그들에게 벌을 내려야 마땅했다. 하지만 능령이 지독히 자신의 사람들을 챙기는 걸 알기에 그녀에게 맡긴 것이다.

남들에게 비정한 사람이라 손가락질 받지만 딸에게는 그런 말을 듣고 싶지 않았다.

사내를 내보내고 진 대인은 차를 마시며 중얼거렸다.

"안준영이라……."

탁자를 손가락으로 두드리며 미묘한 미소를 짓는 진 대인이었다.

*　　　*　　　*

준영의 일과는 바뀐 것이 없었다.

새벽같이 헬스클럽에 갔다가 아침에 시립대에 들러 신문과 잡지를 읽었다. 그리고 몇 번 가상현실에 들어가 머리를 가득 채웠기에 오후에 하던 수능 공부는 문제지 푸는 것으로 대신하고 있었다.

"어떻게 한다?"

준영은 점심을 먹고 운동장이 보이는 벤치에 앉아 중얼거렸다.

민혁은 중국어는 물론 한국어까지 배운다고 열심히 공부

중이었고 능령과는 사건 후 처음 만났을 땐 약간 서먹하긴 했지만 그 후론 별 탈 없이 잘 지내고 있었다.

게다가 수능 준비는 생각보다 훨씬 잘되고 있었다. 그래서 지원 학교를 높일 생각이었다.

마지막 무더위가 한참 기승인 지금, 바닷가에 놀러 가고 싶기도 했지만 막상 고민하는 일이 있어 이러지도 저러지도 못하고 있었다.

"그냥 돈 주고 살까?"

그의 고민은 작곡 프로그램에 관해서였다.

가격이 저렴한 것도 있었지만 막상 사려고 생각하니 점점 눈이 높아져 최상위 제품이 아니면 눈에 들어오지 않았던 것이다.

하지만 너무 비싸 지금의 통장 잔고로는 어림도 없는 가격이었다.

"차라리 만들어볼까?"

무심결에 한 말이었다.

한데 그 말에 갑자기 준영의 눈이 빛나기 시작했다.

프로그램을 사용할 줄만 알았지 프로그래밍에 대해선 아무것도 몰랐지만 상관없었다.

사기와 같은 가상현실에서의 공부가 있지 않은가.

돈도 아끼고 어차피 컴퓨터공학과에 갈 생각이었기에 미리 공부도 하고 일석이조였기에 준영은 망설일 필요가 없었다.

도서관으로 달려갔다.

자리에 앉아 우선 어떻게 공부해야 할지부터 검색을 시작했다. 하지만 검색을 하면 할수록 준영의 표정은 어두워져 갔다.

'뭐가 이리 복잡해?'

1에서 시작해서 10까지 배우면 된다고 나와 있다면 쉬울 텐데 이렇다 하게 딱 정리된 것이 없었다.

작곡 프로그램을 만들겠다는 생각은 이미 사라진 지 오래였다. 그저 일단 시작하기로 했으니 무라도 자르는 심정으로 적당한 것을 찾았다.

준영은 두 시간가량 검색 끝에 3D 애플리케이션(앱) 프로그래밍 언어를 배우기로 했다.

사실 프로그래밍 언어라기보다는 '3D 스튜디오'라는 프로그램을 이용해 원하는 앱을 만드는 것이었다.

물론 3D 스튜디오라는 프로그램도 비쌌다. 하지만 30일간 무료로 사용이 가능했기에 당장 돈이 들어가는 건 책값뿐이었다.

전자책을 구매한 후 '사무실'의 가상현실로 들어갔다.

이것도 능력이 점점 느는지 이젠 네 시간 정도 공부를 해도 머리가 무거울 뿐 아프지는 않았다.

취침 모드의 시간을 맞추고 헤드셋을 벗어 시간이 지나길 기다리다 다시 헤드셋을 썼다.

방식은 다른 공부하는 것과 똑같았다.

읽고 예제로 나와 있는 프로그래밍을 따라 해보면 끝이었다.

프로그래밍이라도 어려울 게 없었다.

3D 스튜디오라는 프로그램 자체가 워낙 좋아서 창을 띄워놓고 손을 이용해 하나씩 옮기면 끝이었다.

예제에 나와 있는 시계 앱을 만든다고 하면 달마다 예쁜 그림 한 장씩을 지정하고 메뉴에 있는 시계만 끌어당겨 놓기만 하면 90퍼센트가 완성되었다.

거기다 달이 넘어갈 때 그림만 바뀌게 만들면 시계 앱은 끝이 났다.

물론 다양한 기능들. 가령 날씨에 따라 그림이 바뀌는 것도 넣을 수 있는데 그건 기상청에서 제공하는 정보와 연동해 날씨가 변할 때마다 그림만 바뀌지게 하면 되었다.

준영은 프로그래밍에 푹 빠졌다.

두께가 10㎝나 되는 책이었기에 네 시간 동안 반밖에 보지 못했지만 수면 모드에서 깨는 게 아쉬울 정도였다.

"재밌네."

무거운 머리를 조금이라도 가볍게 만들어보려는 듯 머리를 절레절레 흔들던 준영은 프로그래밍이라는 것에 흥미를 느낀 듯 시원한 미소를 짓고 있었다.

준영은 결국 100만 원대의 작곡 프로그램을 샀다.

인터넷에서 크랙(Crack)된 프로그램을 공짜로 다운로드 받을 수 있었지만 사업을 하던 그로서는 차마 그렇게 할 수는 없었다.

프로그램을 살 때 주는 매뉴얼과 프로그램 내부에 있는 도움말을 가상현실에서 보고 나니 프로그램 사용법은 금방 터득했다.

하지만 기억 속의 음악들을 만드는 건 생각 외로 어려웠다.

하지만 며칠의 노력 끝에 드디어 네 곡의 음악을 만들 수 있게 되었다.

준영은 자신이 만든ㅡ저쪽 세계에서 유명 작곡가가 만든ㅡ 음악을 들으며 지하철을 타고 어디론가 향하고 있었다.

가능역에 내린 그는 근처의 대형 마트에 들러 맥주와 먹을거리를 사서는 5분 정도 더 걸어 오래된 5층짜리 건물 근처에 이르렀다.

"여전히 여기 있나?"

하트홀릭의 연습실이 있는 건물이었다.

저쪽 세계에서는 벗어난 지 2년이 훨씬 넘었지만 이 세계에서는 여전히 이곳에서 지낼 것이라는 생각에 찾아온 것이다.

지하로 내려가자 역시나 각종 포스트가 붙어 있고 그래피티(graffiti)로 그려진 '하트홀릭' 이라는 글자가 있었다.

텅텅텅!

철문이라 노크 소리도 꽤나 요란했다.

음악 소리가 흘러나오지 않는 걸 보면 연습 중은 아닌 것 같은데 반응이 없었다.

"어디 갔나?"

약속을 한 것도 아니고 그저 있겠지 하며 온 것이라 그리 아쉬울 것은 없었다.

글이라도 적어놓을 생각에 노트를 꺼내려 할 때 계단을 내려오는 소리가 들렸다.

9장

새로운 걸음을 내딛다

"어! 준영아!"

창욱이 준영을 보고 반갑게 인사를 건넸다.

"저 자식은 우리 팬이 아니라 스토커라니까. 이곳은 어떻게 알고 왔어?"

기타리스트 형석이 반가움을 다른 말로 표현했다.

"형들, 안녕하셨어요?"

"오냐, 우리야 항상 그대로지."

준영이 이들을 만난 것은 한 번 더 락앤술에 찾아가 공연을 보고 이번이 세 번째였다.

"또 뭘 사 왔냐?"

형석이 준영이 사온 봉지를 흘낏거렸다.

"형석이 형이 좋아하는 거요."

"크하하핫! 역시 내 팬이라니까!"

"스토커라면서요?"

"스토커와 팬의 차이야 손에 뭔가를 들고 있느냐 없느냐의 차이지. 자, 들어가자."

준영은 형석의 너스레에 빙긋 웃으며 하트홀릭과 연습실로 들어갔다.

거칠게 보이는 남자들만 있는 곳치고는 꽤 깔끔하게 정리되어 있었다.

"대접할 건 없고. 커피나 한잔할래?"

"감사합니다."

"너랑 얘기라도 하고 싶은데 요즘 앨범 작업하느라 정신없다. 커피 마시면서 노래라도 들으렴."

믹스 커피를 건네며 창욱이 말했다.

"형들의 신곡을 듣다니 운이 좋네요."

"글쎄다, 형석이가 끼적인 것에 불과해서 고칠 부분이 너무 많아 어떨지 모르겠다."

"창욱이 형! 끼적이다니요. 제 혼심을 다해……."

"혼심은 개뿔. 준영아, 니가 듣고 솔직히 말해다오."

"네, 형."

솔직히 말하면 죽여 버리겠다는 형석의 표정이 마음에 걸렸지만 일단은 들어보기로 했다.

작곡은 했지만 베낀 것에 불과했기에 사실 다른 사람의 작곡에 대해 이렇다 저렇다 할 처지는 아니었다. 하지만 듣는 것엔 나름 일가견이 있는 준영이었다.

드러머인 범균의 드럼으로 시작해서 보컬인 창욱의 중얼거림으로 노래는 시작되었고 기타리스트 형석의 기타와 베이시스트 민수가 끼어들면서 서서히 달아올랐다.

그리고 세 개의 악기가 섞이면서 거친 클라이맥스로 향한다.

며칠에 불과했지만 작곡 공부를 하다 보니 더 많은 것을 들을 수 있었다.

다음 곡이 이어졌다.

하지만 대부분의 곡들이 뭔가 엉성했다.

전반적인 평을 말하자면 악기의 조합이 자연스럽지 못했고, 노래도 전반적으로 하트홀릭이 추구하던 모던 록보다는 하드록에 가까웠다.

"어떠냐?"

창욱이 물었다. 하지만 답을 하기도 전에 준영의 표정을 보고 작곡가인 형석이 소리쳤다.

"말하지 마, 스토커!"

"야! 넌 조용히 해! 일단 들어보기라도 해야 어떤지 알 거 아냐. 지난번처럼 무대에서 관객들이 조용해지는 걸 보고 싶

은 거냐?'

과묵한 드러머 범균이 버럭 소리를 치자 형석은 궁시렁대며 뒤로 물러났다.

하지만 여전히 나쁘게 말하면 죽이겠다는 표정이었다.

"하… 하, 제가 형들의 노래를 평가할 수준은 아니지만 굳이 말하자면… 형들의 노래가 아니에요. 게다가 중간 부분에 악기가 너무 따로 놀아요."

"아악! 나쁜 스토커 새끼! 내가 혼심을 다하지 않고 대충 만들었다는 걸 안 거야!"

형석은 머리를 부여잡고 괴로워했다.

"하지만 조금만 고치면 괜찮은 곡들도 있었어요."

"그러냐? 역시 내가 혼심을 다한… 아악! 왜 때려요, 형!"

창욱의 주먹이 순간순간 말을 바꾸는 형석의 머리에 떨어져 내렸다.

"혼심을 다해 다시 만들어."

"그냥 작곡가한테 사자, 형. 내가 작곡을 잘하는 것도 아니고 그냥 심심풀이 삼아 하는 것뿐이야."

"월세 내기도 빠듯한데 작곡비가 어디 있냐?"

"…하긴."

"우리가 도와줄 테니 같이하자. 언제 우리가 쉽게 노래 만든 적 있었냐?"

하트홀릭은 멤버 교체 없이 오랫동안 네 사람이 함께해 오고 있었다.

음악이 좋다는 이유만으로 청춘을 바치고 아르바이트와 라이브 클럽에서 노래를 불러 생활비와 월세를 내며 근근이 살아가는 이들.

실력은 좋지만 그걸 알아주는 사람은 드물었다. 그리고 실력 있는 작곡가가 그냥 곡을 줄 이유도 없었다.

자신들의 현실이야 항상 생각하고 있었겠지만 그것을 창욱이 말로 꺼내니 하트홀릭의 분위기가 가라앉았다. 하지만 준영에게는 곡을 내밀 기회였다.

실례가 되지 않을까 하는 생각에 준영의 말꼬리는 길어졌다.

"저… 제가 형들을 위해 몇 곡 만들어봤는데……."

하트홀릭의 시선이 일제히 준영을 향했고 그중 형석은 준영에게로 다가와 말했다.

"일단 들어보자. 내 곡들을 모욕했으니 각오는 되어 있겠지?"

날선 말처럼 들렸지만 준영을 도와주는 말이었다.

준영은 형석의 마음 씀씀이에 고마워하며 스마트폰을 꺼내 음악을 재생시켰다.

비록 스피커가 그리 좋진 않았지만 지하 연습실을 울리기엔 충분했다.

큰 기대 없이 준영의 곡들을 듣던 하트홀릭의 눈이 점점 커졌다.

노래가 끝나자 형석은 못 믿겠다는 표정으로 말했다.

"…이걸 니가 만들었다고?"

"괜찮아요?"

"흠, 그냥저냥… 들어줄 정도다. 내가 혼심을 다해 조금만 손보면 괜찮을지도… 아악! 형!"

창욱은 준영의 곡들을 듣고 정말 마음에 들었다.

바로 말하지 않은 것은 준영의 의도가 무엇인지 생각해 보기 위해서였다. 팬이라고 하기엔 너무 공교로운 시기에 접근을 했고 곡을 가져왔기 때문이었다.

그러나 생각해 보면 자신들은 가진 게 없었고 빼앗길 것도 없었다.

하물며 앨범을 만들어 음원 사이트에 노래를 올린다고 해도 저작권료로 받을 수 있는 돈은 고작 용돈 수준에 머물 수밖에 없었다.

의심을 지우고 팬이라고 생각하는 것이 가장 타당했기에 창욱은 미소 띤 얼굴로 물었다.

"형석이, 넌 좀 빠져라. 곡을 우리를 위해 만들었다고?"

"네, 창욱이 형."

"우리가 써도 될까? 물론 연주를 해보고 고칠 수도 있겠지만 꽤 마음에 든다."

"영광입니다. 악보도 준비했으니 지금 한번 해보시는 건 어떠세요?"

"그래?"

악보까지 준비되어 있다면 망설일 이유가 없었다.

창욱, 형석, 민수, 범균은 악보를 보고 몇 번 연습하더니 노래를 시작했다.

'역시 라이브가 최고야.'

곡을 만들고 나서도 뭔가가 좀 부족하다는 느낌을 지울 수가 없었었다.

한데 아직 완성된 연주는 아니었지만 전자음이 아닌 실제의 연주를 듣자 부족한 부분이 채워지는 느낌이었다.

준영은 점점 완성되어 가는 연주를 들으며 즐거운 한때를 보내고 있었다.

*   *   *

"안 선생, 한 달간 고생했어요. 약속했던 대로 조금 더 넣었어요."

"많이 더 넣으셨던데요? 사양하지 않고 잘 쓰겠습니다. 감사합니다."

"앞으로도 민혁이 잘 부탁해요."

"열심히 하겠습니다."

수업 중 스마트폰으로 입금되었다는 메시지가 왔기에 모

를 수가 없었다.

민혁의 어머니인 송민아는 현재 민혁의 상태가 마음에 들었는지 과외비에 보너스까지 해서 1,000만 원을 넣어주었다.

송민아는 송민아대로, 준영은 준영대로 만족한 상황이었기에 인사를 하는 두 사람의 표정은 밝았다.

능령의 과외를 끝내고서 다시 500만 원을 받은 준영은 집으로 돌아오며 그 돈을 어떻게 사용할지를 고민했다.

집에 줄 생활비와 한 달간 쓸 돈을 제외하고도 천만 원이 넘게 남았다.

'슬슬 주식 투자를 해볼까?'

나름 대기업의 회장으로 많은 주식 투자를 해본 터라 손해는 보지 않을 거라는 자신감이 있었다.

물론 주식 투자로 큰돈을 벌 수 있을 거라 생각하지는 않았다. 돈이 많을 때야 모르지만 고작 천만 원으로는 무리가 있었다.

은행 이자보다 더 벌기만 하면 되었다.

우우우웅! 우우우웅!

진동 모드로 된 스마트폰이 울었다.

그의 어머니였다.

"네, 엄마."

―어디니?

"집으로 가고 있어요. 십오 분 정도면 도착할 수 있을 것 같아요."

—그럼 버스 정류장에서 누나 기다렸다가 데려오렴.

"누나를요?"

—아빠가 어제부터 일하시잖니.

"…알았어요. 기다렸다가 같이 들어갈게요."

준영은 어머니가 무슨 말을 하는지 금세 알아들었다.

준영이 사는 동네는 빈부의 격차가 심해지면서 차츰 슬럼화되어 가는 지역 중 하나로 밤이 되면 그리 안전한 동네는 아니었다.

남자도 너무 늦게 돌아다니지 않는 곳을 여자가 혼자 돌아다니기엔 무리가 있었다.

누나 현영은 늦게 올 때가 많았는데, 그때마다 아버지가 마중을 나가는 모습이 그려져 쓸쓸한 마음이 들었다. 그러면서 한편으로 가족에 대해 너무 무관심했다는 걸 느끼게 되었다.

아무래도 저쪽 세계에서 혼자 지내는 것에 익숙해져 있어서 그랬으리라.

"차차 적응되겠지."

가족이라는 것이 결심한다고 쉽게 이루어 것이 아니었기에 편하게 마음먹기로 했다.

어차피 시간이 해결해 줄 터였다.

11시가 가까워진 시간. 버스 정류장 의자에 앉아 현영이 오길 기다린다.

버스에서 내리는 사람들의 얼굴을 보는 것만으로도 기다림은 지루하지 않았다.

회사 일을 끝내고 술 한 잔 마시고 들어오는 아저씨의 얼굴엔 삶의 고단함과 행복함이, 늦게까지 공부하던 학생이 얼굴엔 막연한 미래에 대한 두려움과 희망이, 어딘가 다녀오는 엄마와 아이의 얼굴엔 집으로 갈 생각에 노곤함과 따뜻함이 함께하고 있었다.

"나쁘지 않아."

저쪽 세상에서는 느껴보지 못한 묘한 기분이었다.

그나저나 누나 현영이 늦는다는 생각에 주변을 두리번거렸다.

그때 버스 정류장에서 조금 떨어진 곳에 경고 등을 켠 채 정차를 하는 외제 승용차가 보였다.

그 차에서 내리는 이는 누나 현영이었다.

그녀는 차의 운전석을 향해 손을 흔든 후 버스 정류장으로 달려오고 있었다.

"남자 친구?"

"…무, 무슨!"

"없는 게 이상한 거지. 어떤 사람이야?"

"얘가 점점……."

집으로 가며 준영은 승용차의 주인공에 대해 물었고 현영은 어둠 속에 붉어진 얼굴을 감추려고 노력했다.

그리고 준영의 집요함에 결국 털어놓았다.

"얼마 전에 회사 선배에게 소개받은 사이야."

"나이는?"

"서른 셋."

"사람은 괜찮아?"

"자꾸 까불래? 이제 몇 번밖에 만나지 못했다니까."

준영은 남자 친구에 대해 얘기하는 현영의 얼굴을 물끄러미 바라보다 고개를 돌렸다.

그리고 작은 동네 편의점을 보며 말했다.

"시원한 캔 맥주나 한잔하고 가자."

"엄마 기다리시는데……."

현영이 웬 맥주냐고 말하려 했지만 준영은 이미 편의점 안으로 들어가고 있었다.

두 사람은 캔 맥주를 사서 편의점 앞에 놓인 파라솔에 앉았다.

시원하게 한 모금 마신 준영은 현영에 대한 기억을 더듬어 본다.

중, 고등학교 때 전교 1등을 놓쳐 본 적 없을 정도로 똑똑했던 현영. 누구나 알아주는 명문 대학에 갈 수 있는 성적임에도 불구하고 전액 장학금을 주기로 한 시립대에 입학했다.

졸업 후 바로 취업을 해 점점 기울어져 가는 집을 위해 생활비를 대고 준영의 대학 등록금도 보태왔었다.

준영은 충분히 어긋날 수 있음에도 묵묵히 가족을 위해 애쓰고 있는 현영을 보며 이 몸을 차지함으로써 해야 할 책무가 있음을 알게 되었다.

"누나 나이가 올해 스물일곱인가?"

"그래! 너보다 네 살이나 많다. 그러니 누나로서 한마디 하자. 요즘 어디서 무얼 하는지 몰라도 엄마 아빠가 부끄러워할 만한 짓은 하지마라."

"왜? 호스트라도 하고 있을까 봐?"

"…아냐?"

하긴 어느 날 갑자기 하고 다니는 꼴이 확 바뀌었으니 그럴 상상을 할 만하다고 준영은 생각했다.

"누나는 내가 호스트로 있는 술집에 가고 싶어?"

"전혀. 하지만 독특한 취향의……."

"거기까지. 아침마다 거울을 보면서 느끼는 감정을 자기 전까지 느끼고 싶진 않아."

"그럼 요즘 뭘 하는 거니?"

"과외."

"몇 탕이나 뛰기에?"

"다음 학기 등록금은 내가 낼 수 있을 정도로 벌고 있으니 걱정 마. 그러니 누나도 나 신경 쓰지 말고 시집갈 때를 대비해서 좀 꾸미고 다녀."

"시집갈 생각 없거든!"

"그래, 시집 가급적이면 늦게 가. 내가 누나 시집갈 때 멋진 선물을 할 수 있게 말이야."

"……."

"남자한테 절대 안 꿀리게 만들어줄게. 시댁에서 절대 무시 못 하도록 해줄게."

원래 몸의 주인을 대신해 준영이 말한 것이었다.

아직은 진정한 가족이라 하기에 준영 자신이 주변인이라는 것을 알기에.

준영의 말에 먹먹한 표정을 짓던 현영은 어색해지는 분위기를 깨기 위해 준영에게 꿀밤을 먹였다.

꽁!

"니나 잘해!"

"아얏! 남자 친구가 이렇게 과격한 거 알아?"

"이게 진짜 맞을라고."

현영이 다시 손을 올렸지만 준영은 이미 맥주 캔을 들고 도망치고 있었다.

'저 애가 저렇게 컸던가?'

현영이 보기엔 얼마 전까지만 해도 마냥 어리게만 느껴지는 동생이었다.

한데 오늘 그를 보니 왠지 너무 어른스러워져 서운한 마음이 들 정도였다. 그리고 그 모습이 낯설게 느껴지고 있었다.

"너, 거기 안 서!"

그런 기분을 털어내기라도 하려는 듯 현영은 준영을 쫓기 시작했다.

준영은 헬스를 마치고 24시간 현금 출금기에서 돈을 찾았다.

2035년. 모든 거래가 스마트폰만 있어도 해결이 되는 시대가 되었다. 하지만 과거에 비해 쓰임이 줄었다고 하지만 여전히 현금이 유통되고 있었다.

정치인이 비자금을 받기 위해서, 부자들이 비자금을 마련하기 위해서라는 진실에 가까운 우스갯소리가 있지만 일반 국민에게도 때때로 사용되고 있었다.

바로 오늘과 같은 경우였다.

준영은 집에 들어가 어머니께 이백만 원을 이체시킨 후 그의 조부모님 방을 찾았다.

여전히 정정하게 보이는 두 분은 손자의 방문을 흐뭇한 웃음으로 반겨주었다.

"공부하기는 힘들지 않고?"

그동안 예전과 다르게 데면데면하게 굴던 준영의 방문에 꽤 기쁘신 모양이다.

"네, 학생인데 열심히 해야죠."

"그래, 열심히 하거라. 한데 우리 손주가 웬일로 우리를 찾았는고? 용돈이 필요한 게냐?"

그러면서 용돈을 주려는 듯 호주머니에 손을 넣었다.

"아니에요, 할아버지. 어제 아르바이트비를 받았거든요. 그래서 두 분께 용돈 드리려고요."

준영은 준비해 뒀던 봉투를 할아버지 할머니에게 각각 내밀었다.

"에구, 너도 돈이 없을 텐데 뭘 이런 걸……."

할머니가 손사래를 치며 봉투를 다시 돌려주려 했다.

"친구분들이랑 맛있는 거 사드세요. 그리고 엄마가 식사하러 나오시래요."

준영은 바로 자리에서 일어났다.

식사를 하면서 조부모님이 너무 많이 줬다고 다시 돌려주려 했지만 준영은 끝내 받지 않았다.

"학교 다녀오겠습니다."

"산영아, 이리와 봐."

"응, 형?"

준영은 학교를 가려는 산영을 불러 호주머니에 몇 푼 넣어 주었다.

"먹고 싶은 거 있음 사 먹어."

"앤 애한테 무슨 돈을 주니?"

엄마가 말렸지만 준영은 간식 사 먹을 정도라 괜찮다며 산영의 등을 밀어 등교시켰다.

"네가 무슨 돈이 있다고……."

시립대를 가기 위해 가방을 메는 준영에게 엄마는 약간 책망 어린 말을 하셨다.

준영은 엄마를 똑바로 바라보며 방긋 웃으며 말했다.

"엄마, 행복할지 어떨지 모르지만 돈 걱정은 안 하게 해드릴게요."

"……."

"우습잖아요. 누군 날마다 돈을 어떻게 쓸지 고민하는데 누군 내일은 무슨 돈으로 살아갈까를 고민하잖아요. 그저 생활비와 제가 쓸 것만 있으면 된다고 안이하게 생각하고 있었어요."

"네가 무슨 말을 하는지 모르겠구나."

"그냥 그렇다는 말이에요. 이제 열심히 벌어볼 생각이에요. 약간은 욕심을 내고 약간은 베풀면서요."

준영은 엄마가 이해하길 바라고 한 말이 아니었다.

자신에게 한 말이었다.

희미해져 가고 있지만 여전히 저쪽 세계를 그리워하며 이 세계를 방관하며 살아가고 있는 자신을 꾸짖은 것이었다.

"다녀올게요."

"…조심히 다녀오렴."

준영은 새로운 걸음을 내딛고 있었다.

*　　　*　　　*

220 개척자

'도대체 무슨 일이……?'

헤드셋을 쓰고 3D 운영체제에 들어가 주식 트레이딩 프로그램을 바라보던 준영은 이해가 되지 않는 상황에 고민 중이었다.

사건의 시작은 주식 투자를 시작한 지난 주부터였다.

천만 원 중 팔백만 원으로 점찍어놓은 주식을 샀고 이백만 원은 좋은 주식이 나타날 때를 대비해 놔뒀었다.

한데 다음 날 주식이 어떻게 되었는지 확인하다 이백만 원이 어느 회사의 주식에 투자가 되어 있는 것을 발견한 것이다.

결과는 나쁘지 않았다.

준영이 투자한 것은 떨어진 것과 오른 것을 합쳐 약 3퍼센트의 수익을 얻었지만 그도 모르게 투자된 주식은 상한가―15퍼센트의 주가가 상승했을 때―를 친 것이다.

알지도 못하는 회사의 주식을 가지고 있을 수 없었기에 바로 팔아버렸다.

그리고 다시 이백만 원은 내버려 두고 몇 개의 주식은 다른 것으로 교체했었다.

마찬가지였다.

아니, 더 엉망이었다. 사뒀던 주식들 몇 종류는 어느새 매도 되어 있었고 다시 그 주식이 매수되어 있었다. 역시 그 주식은 상한가를 쳤다.

준영은 주식 투자에 많은 시간을 투자하지 않았다.

오전에 한 시간가량 트레이닝 프로그램을 이용해 매수, 매도를 끝내면 그 다음 날 결과만 확인하는 편이었다.

삼 일째 되는 날은 아예 손도 대지 않고 아침부터 장이 파할 때까지 지켜보았었다.

아무 일도 없었다.

사 일째는 아예 트레이닝 프로그램을 보지 않았다.

제멋대로 투자가 되어 있었다.

게다가 준영, 그가 투자하는 것보다 훨씬 더 높은 수익률을 보이고 있었다.

준영은 다시 누군가가 자신의 머릿속으로 들어오는 게 아닐까 하는 의심을 했었다.

하지만 주식을 사고판 시간을 확인해 보고선 같은 증세가 아니라는 걸 확신할 수 있었다.

주식을 사고팔 때 그는 수능 문제를 풀고 있었기 때문이었다.

규칙성을 발견하기 위해 내버려 뒀다.

하지만 사고파는 시간은 제멋대로였고 규칙성을 발견하기란 혼돈에서 질서를 발견하는 것만큼 어려운 일이었다.

게다가 오늘은 신용거래를 통해 융자까지 받아서 떡하니 주식을 매수해 놓고 있었다.

'미친놈이야!'

준영은 해킹을 의심했다.

물론 너무나 허술해 구멍이 뻥뻥 뚫린 추측이었지만 '미친놈'이라는 건 확신했다.

일주일 만에 천만 원을 이천만 원으로 만들어놓고 신용 융자를 이천만 원 추가로 받아 한 회사의 주식에 사천만 원을 올인(All-in) 해둔 상태였다.

비명을 지르고 싶을 정도의 상태였지만 결과만 보자면 이번 투자도 성공이었다.

상한가를 쳤고 하루 수익만 육백만 원이었다.

준영은 당장 팔아버리기 위해 매도 버튼을 눌렀다.

하지만 버튼 자체가 먹히질 않았다.

'망할 자식아! 당장 풀어!'

손으로 계속 눌러보지만 묵묵부답이었다.

준영은 헤드셋을 벗었다. 방금 전까지 눈앞에 있던 사이버 세상이 사라지고 현실의 도서관이 보였다.

"그런다고 방법이 없을 줄 알아?"

준영은 당장에 증권사로 가서 계좌를 없애 버릴 생각이었다.

띠링!

가방을 챙기는데 갑자기 스마트폰이 울렸다.

어디선가 많이 보던 장면이었기에 준영은 인상을 쓰며 스마트폰을 들어 올려 보았다.

스마트폰 화면에 나타난 것은 'Wait' 라는 하나의 단어였다.

"…도대체 넌 누구지?"

알아들으리라 생각하고 말한 것이 아니었고, 역시나 듣지 못했는지 다른 글자로 바뀌거나 하진 않았다.

벌써 이런 경우가 두 번째였다.

능령을 구할 때, 그리고 지금 이 순간.

준영은 주변을 둘러보았다.

사각이 없을 정도로 달린 CCTV의 검은 플라스틱 덮개가 무저갱처럼 소름 돋게 만들었다.

*　　　*　　　*

퓨텍의 제1전산실.

돔 경기장을 축소시켜 둔 것처럼 생긴 전산실.

세계 제일의 IT 기업인 퓨텍의 전산실답게 백여 명의 직원이 돔의 가운데에서 고글을 낀 채 글러브를 낀 손을 움직이고 있었다.

하지만 이 백여 명의 직원이 오직 한 대의 슈퍼컴퓨터 '마더' 를 지켜보기 위해 고용되었다는 사실을 아는 사람은 회사 관계자를 제외하곤 몇 명 없었다.

슈퍼컴퓨터 '마더'.

가상현실을 가능하게 만든 현존하는 가장 고성능의 컴퓨터.

만들 당시에 가장 고성능은 아니었지만 스스로 발전의 해법을 제시해서 감히 인공지능이라 불리는 존재.

퓨텍의 전부였고, 감히 대한민국의 절반이라 불리는 존재가 바로 '마더'였다.

"마더가 외부로 신호를 보내고 있습니다!"

한 직원이 소리쳤고 직원들의 위에 커다란 3D 화면이 펼쳐졌다.

그 모습을 돔의 상층부에 삐죽 튀어나온 듯한 사무실에서 지켜보던 40대 중반쯤 되어 보이는 사내가 물었다.

"추적은?"

"하고 있습니다만……."

뒷얘기는 듣지 않아도 알 수 있었기에 사내의 표정은 별반 달라지지 않았다.

올해만 두 번째 일어난 일이었고, 그때도 추적은 불가능했으니까.

"신호는?"

"암호화되어 있습니다."

"풀게."

"하지만 암호를 푸는 것은 최고 위원회의 결정이 아니고서는……."

"풀어!"

사내의 명이 떨어지자 직원 중 한 명이 어쩔 수 없다는 듯 손을 바쁘게 움직이기 시작했다.

현존하는 어떤 암호화 기술도 '마더'를 이용하면 순식간에 풀 수 있었다.

'마더'에서 나간 신호를 '마더'가 해석을 한다? 약간은 이상한 일이었지만 의문을 가진 사람은 아무도 없었다.

한참 후에 암호를 풀던 직원이 말했다.

"풀었습니다."

"내용이 뭐지?"

"그게… 'Wait'라는 한마디입니다."

"Wait?"

사내는 신호가 점점 약해지며 사라져 가는 3D 화면을 보며 중얼거렸다.

"뭘 말하고 싶은 건가, 마더?"

사내, 제1전산실 실장은 더 이상 볼 것이 없다는 듯 사무실을 나갔다. 그리고 엘리베이터를 타고 회장실이 있는 85층을 눌렀다.

엘리베이터가 도착하자 그는 내려 복도를 따라 회장실로 향했다. 엘리베이터 입구부터 많은 경호원들이 있었음에도 그를 막는 사람은 아무도 없었다.

그는 현 퓨텍 회장의 아들인 장두호였다.

그의 걸음은 비서실에서야 멈췄다.

"회장님께선?"

"윌슨 회장과 통화 중입니다."

"기다리지."

두호가 잠시 기다리자 여비서가 안으로 들어가라는 듯 문을 열어줬다.

"네가 아무런 약속 없이 올라온 걸 보니 '마더'가 또 이상한 신호를 보낸 모양이구나."

"예, 회장님."

"둘이 있을 땐 아버지라 부르라고 하지 않았느냐."

"회사에서 그럴 순 없죠."

"쯧! 녀석, 고집하곤. 이번에도 암호화된 걸 풀라고 말했겠구나."

"예."

"어차피 정체불명의 언어에 불과할 터. 위원회가 또 별것 아닌 것으로 난리를 피우겠군."

회장의 얼굴에 귀찮다는 표정이 역력했다. 하지만 이어지는 두호의 말에 금세 표정이 바뀌었다.

"이번에는 영어였습니다."

"영어?"

"예, Wait라는 단어였다고 합니다."

"웨이트라… 웨이트라……."

"뭔가 생각나시는 게 있습니까?"

"글쎄다, 의미가 불분명한 건 예나 지금이나 같구나. 어차피 이젠 의미가 있다 해도 소용이 없지만 말이다."

"그 말씀은 마더에 숨겨진… 그것을 포기한다는 말입니까?"

"있는지 없는지도 모르는 것에 집착할 이유는 없겠지. 그리고 조금 전 윌슨 회장이 마더와 같은 슈퍼컴이 완성되었다고 하더구나."

"뻔뻔하군요. 하드웨어를 넘겨준 것에 만족하지 못하다니……."

"원래 그런 늙은이니까."

"설마 마더의 메인 프로그램을 복사해 주실 겁니까?"

마더의 메인 프로그램은 뇌에 해당하는 부분이었다.

아무리 최고 위원회의 한 명인 윌슨 회장이라고 해도 달라고 요구할 수는 없었다. 오직 그 권한은 회장인 장덕수에게밖에 없었다.

"물론 일언지하에 거절했지. 하지만 하드웨어 기술 때처럼 위원회를 구슬려 압박을 가해오겠지."

"그럴 테지요. 하지만 절대 줘서는 안 됩니다. 그건 저희의 전부입니다."

"설령 준다고 해도 전부를 주진 않을 것이다."

"그 말씀은?"

"테스트를 하는데 우리 돈을 쓸 필요가 있겠느냐."

장덕수 회장의 말을 들은 두호는 금세 이해를 했다.

어차피 '마더'보다 더 발전된 인공지능을 만들려고 한다면 지금의 마더를 연구해야 했다.

퓨텍 또한 천문학적인 돈을 투자해 연구 중이었지만 아직 상당 부분 미진한 곳이 있었다.

그에 마더의 미진한 부분을 제공하며 정보를 공유하자고 제안한다면 분명 윌슨 회장은 허락할 수밖에 없을 것이고 장덕수 회장에겐 이득이 될 수밖에 없었다.

마더의 메인 프로그램이 아홉 개의 큐브 형식으로 이루어져 있다는 것을 아는 건 장덕수 회장과 두호뿐이었다.

"이젠 전산실에서 나와 교우 재단을 맡아라."

"…알겠습니다."

교우 재단은 마더를 만든 박교우 박사가 죽으면서 만든 재단으로 퓨텍 주식의 20퍼센트를 소유하고 있는 재단이었다.

그 재단을 맡으라는 말은 두호에게 퓨텍을 맡긴다는 말과 동일했다.

그건 퓨텍의 후계자이면서도 전산실장을 맡은 이유와도 연관이 있었다.

'박 박사님…….'

엘리베이터에 오른 두호의 머리는 10년 전으로 향했다.

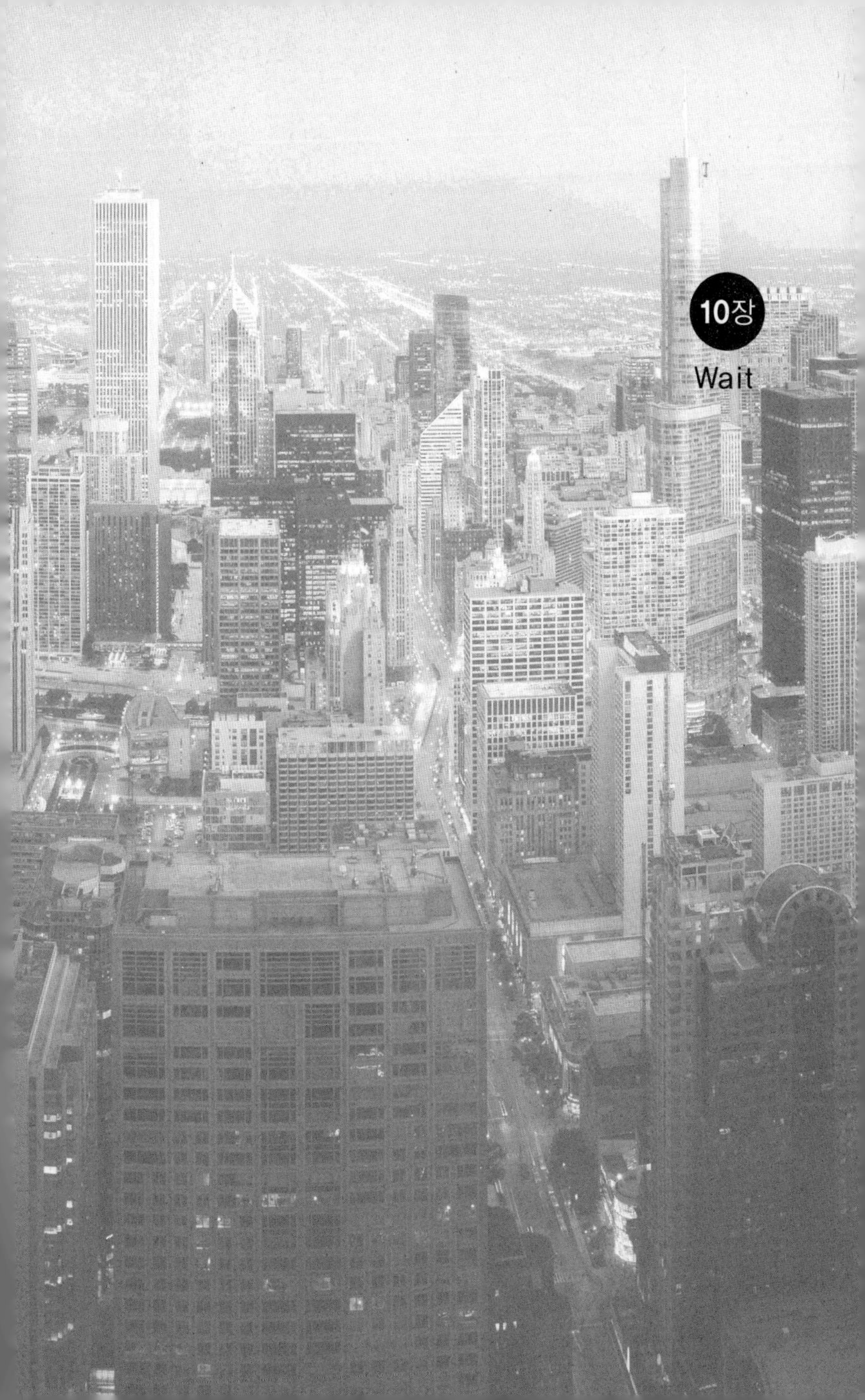

10장

Wait

"두, 두호야, 도대체 왜, 왜……."

복부에서 흘러나오는 피를 흘깃 본 박교우 박사는 눈앞의 장두호를 보며 의문을 표했다.

믿을 수 없는 일이었다.

연구에 미쳐 자식이 없던 박교우 박사는 두호를 친자식처럼 아끼고 믿어왔었다.

그래서일까. 그의 눈은 한없이 슬퍼지고 있었다.

두호는 부들거리는 몸을 진정시키려는 듯 큰 소리로 외쳤다.

"퓨텍은 저희 것입니다! 국가의 것이 아닌 박사님과 아버지, 그리고 제 것이란 말입니다!"

"허허… 그, 그래서 이런 짓을……."

박교우 박사는 허탈한 듯 웃으며 자리에 주저앉았다. 온몸의 힘이 흘러내리는 피처럼 빠르게 사라지고 있었다.

"국가에 넘긴다 해도 너희 부자가 투자한 금액의 수백 배가 넘는 돈을 가질 수 있을 터인데 그것으로는 부족했나 보구나……."

혼잣말처럼 중얼거리는 박교우 박사의 말에 두호는 죄책감보다는 분노에 소리쳤다.

"국가가 뭘 했다고요! 마더는 저희가 만든 겁니다. 이제 과실을 따려 하는데 그걸 믿지 못할 국가에 바치려 하는 박사님을 이해하지 못하겠습니다."

박교우 박사는 점점 흐릿해지는 정신을 부여잡고 두호를 향해 힘겹게 웃으며 말했다.

"…네 말도 맞다. 국가에 주고 싶었던 건 내 욕심이었는지 모르지. 너희 것이라니 이제부터 잘 지키거라."

박교우 박사의 몸이 서서히 무너져 내렸다. 그리고 자신의 피 위에 몸을 뉘었다.

"마더의 안에 새롭게 잉태된 그것을 보여줬다면 달라졌을까?"

마지막 중얼거림과 함께 박교우 박사는 눈을 감았다.

"…바, 박사님?!"

두호는 미동 없이 핏속에 누워 있는 박교우 박사를 보며 비로소 자신이 무슨 짓을 저질렀는지 깨닫게 되었다.

그저 화가 났을 뿐이었다.

집안의 돈을 대부분 투자해서 만든 인공지능 컴퓨터를 국가에 바치는 게 어떠냐고 자신을 설득하던 그가 미웠을 뿐이었다.

어쩔 줄 몰라 하던 두호의 눈빛은 시간이 갈수록 점점 차가워졌다.

그리고 딱딱하게 군은 표정으로 죽은 박교우 박사를 보며 중얼거렸다.

"내 것을 남에게 줄 수는 없습니다."

띵!

목적지에 도착했다는 엘리베이터의 알림에 두호는 과거에서 현재로 돌아왔다.

엘리베이터 위에 달린 CCTV를 향해 고개를 들었다.

그제야 엘리베이터의 문이 열렸다.

[어서 오세요, 장 실장님.]

여성의 목소리가 그를 반겼다.

새하얀 복도와 그 끝에 작은 문이 있는 이곳이 퓨텍의 가장 중요한 곳이었다.

복도를 걸어 문 앞에 도착하자 문이 열렸다.

문 안에도 별것 없었다. 삼 면이 유리였고 그 유리를 보고 배치된 책상과 세 개의 의자가 다였다.

한 의자에 앉은 두호는 어둠뿐인 창밖을 보며 지난 10년간 하루도 빠지지 않고 고민했던 박교우 박사의 유언을 생각해

본다.

'새롭게 잉태된 무엇.'

박교우 박사의 마지막 복수였는지도 몰랐다.

외부로 빠져나가는 불규칙적이고 불명확한 신호 역시 어떤 프로그래머의 말처럼 인공지능이 꾸는 꿈이라는 가설이 맞을 수도 있었다.

이제 과거의 망령에서 벗어나야 했다.

박교우 박사의 죽음에서도, 새롭게 잉태된 무엇이란 망상에서도.

"널 보고 싶구나, 마더."

[알겠어요.]

창밖에 불이 켜졌다. 그리고 넓은 공간에 홀로 서 있는 마더가 보였다.

두호는 자리에서 일어나 창에 바싹 붙은 채 마더를 보며 중얼거렸다.

"이제야 내 것이 되는구나."

두호의 눈빛은 마치 사랑하는 사람을 보는 듯했다.

그리고 그 눈빛 깊숙한 곳에 폭발할 듯한 광기가 일렁이고 있었다.

*   *   *

요리를 가르치는 선생이 배운 학생보다 요리를 잘 만드는 것은 아니었다.

프로그래밍도 마찬가지다. 배운 학생이 더 좋은 프로그램을 만들 수 있었다.

창작이라는 것은 상상의 표현이었고, 어느 사람의 상상력이 더 뛰어나냐가 더 중요했다.

그런 면에서 보자면 준영은 마치 컴퓨터 프로그래밍을 위해 태어난 것처럼 뛰어났다.

그도 자신의 숨은 재능이 프로그래밍인지 몰랐고 뒤늦게 그 재능이 개화를 하고 있었다.

고글을 쓴 준영은 마치 피아노를 치듯이 글러브를 낀 손을 움직이고 있었다.

헤드셋이 있음에도 굳이 고글을 산 이유는 가상현실로 들어갈 때와 3D 운영체제로 들어갈 때가 다르다는 걸 알게 되어서였다.

혼잣말처럼 중얼거리는 것이 가상현실에서는 상관없지만 3D 운영체제를 할 때에는 외부로 그대로 전해졌다.

즉 도서관에서 미친놈처럼 마구 소리를 지르는 꼴이 된다는 것이었다.

하마터면 학생들의 항의에 도서관에서 쫓겨날 뻔했기에 현실 감각이 있는 고글을 사야 했다.

하지만 소리는 치지 않고 있지만 준영의 현란한 손의 움직임에 옆에 앉아 있던 두 사람이 자리를 피한 건 그도 알지 못했다.

한참을 바쁘게 움직이던 손이 멈춰졌고 준영은 고글을 벗었다.

"휴우~ 겨우 끝냈다."

앱 제작에 몰두한 채 다섯 시간을 보내서인지 몸 상태가 엉망이었다.

팔은 머리 위로 들어 올리지 못할 정도로 부들거리고 있었고 방광은 터지기 일보 직전이었다.

훔쳐 갈 만한 물건만 대충 챙겨 바로 화장실로 달려갔다.

"이봐요!"

시원하게 볼 일을 본 준영이 화장실에서 나오는데 한 남학생이 못마땅한 얼굴로 그를 불렀다.

"네?"

"당신 옆에 앉은 사람인데요. 아무리 칸막이가 쳐져 있다고 하지만 옆에서 그렇게 움직이면 어쩌자는 겁니까? 신경이 쓰여서 도무지 공부에 집중을 할 수가 없잖아요."

"아! 죄송합니다."

준영은 바로 사과를 했다.

학생들이 개학을 하면서 열람실엔 자리가 부족했다. 그런데 자리를 옮길 수 없는 상황에서 옆자리 사람이 신경을 거슬리게 한다면 그라도 화가 날 일이었다.

"같이 공부하는 처지에 서로 배려 좀 합시다."

사과를 하자 남학생의 말투는 조금 누그러졌다.

"두 번 다시 그럴 일 없을 겁니다."

준영은 이제 시립대에 그만 와야겠다는 생각을 했다. 방학 때라면 모를까 재학생들에게 불편을 주고 싶지는 않았다.

준영의 정중한 말에 남학생은 더 이상 할 말이 없었기에 뒤돌아서 가버렸다.

준영은 음료수 두 캔을 뽑아 자신의 양 옆자리에 사과 쪽지와 함께 두고 가방을 싸서 밖으로 나왔다.

여전히 무더웠지만 계절상으로는 가을이었기에 바람은 제법 시원했다.

준영은 비어 있는 벤치에 앉아 시가를 입에 물었다.

일반 담배 한 갑보다 훨씬 비싼 것이었지만 상상하던 앱을 만든 자신에 대한 보상이었다.

"후우우우우~"

입안 가득 빨았던 연기의 향을 느끼다 길게 내뿜은 준영은 내일부터 해야 할 일을 생각해 보았다.

앱의 개발은 성공했지만 진짜 해야 할 일은 지금부터였다. 그가 만든 앱은 네트워크를 기반으로 한 게임이었기 때문이었다.

일단 서버를 빌려야 했고 서버와 앱을 연동시켜 게임이 구동되도록 만들어야 했다.

또한 이름을 알리기 위해선 광고도 어느 정도 해줘야 했다.

이런 일들을 위해선 돈이 필요했다.

돈은 있었다. 아주 충분히.

비록 준영이 손을 대지 못하는 돈이었지만 말이다.

'Wait' 라는 글이 스마트폰에 찍힌 것을 봤을 때 해지를 해야 할지 말아야 할지 고민을 하다가 능령의 위치를 가르쳐 준 것에 대한 보답으로 일단은 지켜보기로 결정을 내렸었다.

이 주 전에 계좌를 얼핏 확인했을 때 3억이 넘는 돈이 있었고 지난주에는 10억이 넘게 있었었다.

지금은 얼마쯤 있을까 궁금하기도 했고 혹시나 만질 수 있을까 싶어 스마트폰으로 트레이딩 프로그램을 실행시켰다.

"2억?"

잔고는 1억이었고, 안정적인 대기업의 주식들로 1억가량 있었다.

가지고 있는 주식의 매도 버튼을 누르니 정상적으로 매도 주문이 올라갔다.

"끝났나 보군. 그나저나 역시 가지고 튄 건가? 설마 이걸로 세금 내라는 소리는 아니겠지?"

해킹을 한 자가 밉지는 않았다. 아니, 해킹에 대해서 공부를 했었는데 그자가 하고 있는 해킹이 얼마나 대단한지 존경심이 들 정도였다.

게다가 주식 투자 솜씨는 어떠한가. 투자 기업의 모든 정보를 알고 있지 못하다면 절대 할 수 없는 미친 주식 투자, 아니, 투기였다.

얼마나 들고튀었는지 지난 거래 기록을 살펴보았다.

"말도 안 돼!"

거래 기록에는 천만 원이 어떻게 2억이 되었는지에 대해 너무나도 깔끔하게 정리되어 있었다.

돈을 빼가고 거래 기록까지 조작을 했다는 말이다.

개인의 스마트폰은 자신의 실수로 악성코드를 다운 받음으로써 해킹이 가능하지만—준영의 경우는 백신으로 검색해 봐도 찾을 수 없었지만— 이 경우에는 증권사 서버까지 해킹을 해 조작했다는 것으로밖에 볼 수가 없었다.

"괴물이군."

준영은 자신이라면 증권사를 어떻게 해킹할지 생각을 해보다가 결국 포기를 했다.

아직까지 해킹에 대해서는 실력이 부족했고 상상력도 부족했다. 그리고 가장 결정적인 이유는 더 이상 해커에 대해 생각하기 싫었기 때문이다.

가장 먼저 할 일이 있었다.

준영은 반쯤 남은 시가를 끄고 보관 통에 담은 뒤 스마트폰 매장으로 달려가 스마트폰을 바꿨다.

그래도 안심이 안 돼서 새로운 스마트폰에 각종 보안 프로그램 설치까지 한 후에야 그곳을 빠져나왔다.

다음 날 준영은 본격적으로 움직였다.

가장 먼저 향한 곳은 동대문세무서였다.

들어가자마자 사업자 신규 등록 서류를 작성해 대기표를 뽑았다.

평일이고, 세금 신고 기간도 아니었기에 꽤 한산했고 바로 서류 처리가 가능했다.

"간이과세로 해드릴까요?"

"아뇨, 일반 과세로 해주세요."

"한데 상호가……."

준영은 꽤나 악필이었다. 직원은 알아보려고 인상을 찌푸리며 바라봤지만 무슨 글자인지 도저히 모르겠다는 듯 고개를 흔들며 물었다.

"성심미디어입니다."

준영은 자신이 회장으로 있던 그룹명을 따서 상호를 정했다.

모르는 글자를 몇 번 더 묻기는 했지만 서류 작업은 금세 끝났고 사업자 등록증이 나왔다.

"미약한 시작이구나."

입꼬리를 살짝 비틀어 웃고는 사업자 등록증이 구겨지지 않게 파일에 넣어 집으로 돌아왔다.

사업자 주소지는 집이었다.

동생 산영이 학교를 파하고 나면 귀찮게 굴긴 하겠지만 이젠 어느 정도 가족에게 익숙해져 집에 있어도 괜찮았다.

검색을 해 게임 서버의 일부를 대여해 주는 호스팅 업체에 전화를 걸었다.

여타 업체와 마찬가지로 네트워크 사용량에 따라 가격이 달랐고, 필요하면 스마트폰으로 사용량을 늘릴 수 있었다.

—…결제 시스템이 필요하시면 당사에서 통합 결제 시스템과 연결이 가능합니다. 소정의 수수료가 부과되지만 신청해 드릴까요?

"해주세요."

—당사와 협력 관계에 있는 앱 마켓에 올릴 수도 있습니다. 물론 소정의 수수료가……

"해주세요."

몇 푼 아끼고자 각종 결제 시스템에 일일이 전화하는 건 바보나 하는 짓이었다.

—감사합니다, 고객님. 즐거운 하루 보내십시오.

전화를 끊고 고글을 쓰고 서버 호스팅 업체의 홈페이지로 들어갔다.

작업을 위한 준비가 되었다. 이젠 서버와 연동을 시킨 후 테스트를 해보고 앱을 마켓에 올리기만 하면 되었다.

준영의 손이 빠르게 움직이기 시작했다.

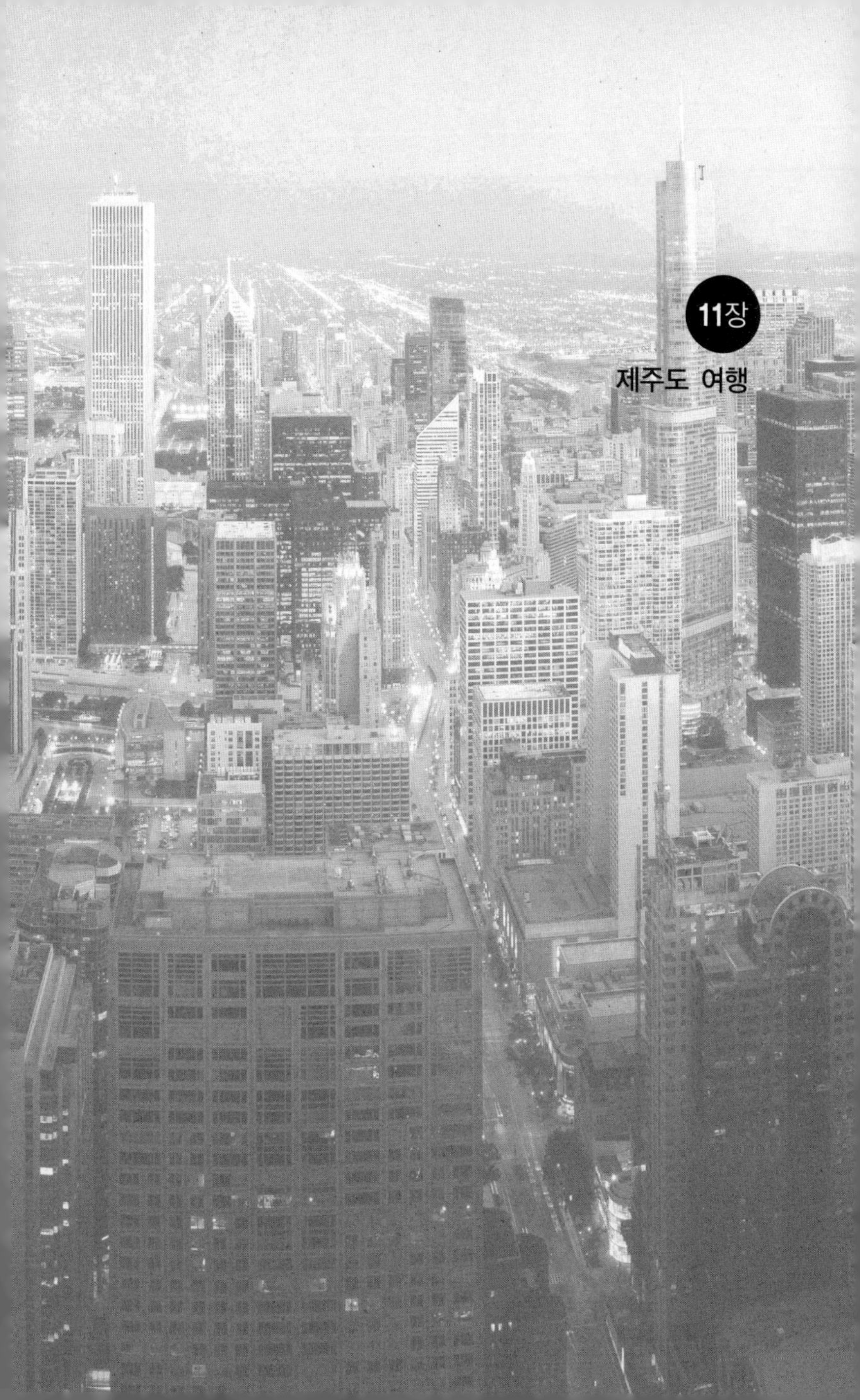

11장 제주도 여행

지하철에 올라탄 원호는 고개를 좌우로 돌리며 빈자리가 있는지 살폈지만 없었다.

눈치껏 빨리 내릴 것 같은 사람 앞에 서서 습관적으로 스마트폰을 꺼냈다.

'소설책이나 읽을까? 쩝! 읽을 것도 없는데······.'

목적지까지는 한 시간이 넘게 걸렸기에 지루함을 달래려 스마트폰을 뒤적거렸다.

오래전부터 해오던 게임을 해보지만 이젠 지겹기까지 했기에 금세 닫아버렸다.

'새로운 게임이나 찾아볼까?'

앱 마켓을 클릭해 게임 부분으로 들어가 목록을 살피면서 재미있을 것 같은 게임을 찾았다.

하루에도 전 세계적으로 적게는 수십 종, 많게는 수백 종의 게임이 생겨났다가 사라지다 보니 앱 마켓의 검색 카테고리를 보는 게 편했다.

'인기를 끌고 있는 신규 게임'이라는 항목을 누르자 1위부터 10위까지의 게임이 나왔다.

1위를 차지하고 있는 별 네 개짜리 게임을 클릭해 간단하게 적힌 의견을 확인했다.

―결제를 하려고 해도 안 됨.
―왜 이렇게 팅기는 거죠? 제발 어떻게 좀 해봐요!
―3 스테이지에서 팅김. 내가 지우고 만다. ――;;
…

원호는 더 이상 볼 필요가 없다고 생각하며 뒤로 가기 버튼을 눌렀다.

'쩝! 괜찮은 게임이 없네.'

1위부터 5위까지 살펴봤지만 영 아니었다. 다른 걸 할까 하다 마지막으로 6위에 있는 '네임드(Named)'라 된 게임을 눌렀다.

―꽤 재미있네요. 제목처럼 네임드가 되길…

―손맛이 좋아요. b

―헤드셋으로 해봐요! 최고입니다!

―어지러워요. 내 스타일은 아닌 듯.

…

대체적으로 좋은 댓글에 다운로드 버튼을 눌렀다.

용량이 제법 됐지만 금방이었다.

로딩이 되고 캐릭터는 검을 쓰는 검사를 선택했다. 그리고 간단히 사용법을 배웠다.

기존 게임과 다를 바가 없었지만 스킬 쓰는 방법이 약간 달랐다.

스마트폰의 전면 카메라를 통해 손가락의 움직임을 파악해 스킬을 사용할 수 있었다.

글러브가 없는 유저를 배려한 것이 마음에 들었다. 그리고 스마트폰을 연타하거나 적외선 키보드를 클릭하느라 허공에 손가락을 꼼지락거리지 않아도 되는 것도 마음에 들었다.

앞에 사람이라도 있으면 꽤나 곤란한 상황이 발생하기 때문이었다.

"괜찮네."

메인 스토리의 프롤로그 부분을 하며 몬스터를 잡아보니 나쁘지 않았다.

마을로 들어서자 메뉴가 나타났다.

그중 가장 크게 배치된 '1인 모드', '2~6인 모드', '난입 모드'가 눈에 띄었다.

'2~6인 모드'를 클릭하자 바로 로딩이 되더니 6인 파티가 만들어지고 어두침침한 공간에 캐릭터들이 나타났다.

도움말이 보였다.

곧 몬스터가 나타나니 준비하라는 얘기였다.

커다란 몬스터가 나타나면서 화면의 시점이 바뀌었다. 캐릭터의 등에서 바라보는 듯한 3인칭 시점이었다.

원석은 스킬을 손가락 개수로 정했기에 바로 손가락 하나를 폈다.

평타 공격.

그가 평타 공격을 시작하자 다른 파티원들도 공격하기 시작했다. 몬스터는 초보에게는 아주 약간 어려운 몬스터였다.

하지만 여섯이서 간신히 이길 수 있었다.

몬스터가 사라지고 각자의 인벤토리에 아이템들이 들어왔고 다시 시작 화면으로 돌아왔다.

원석은 정신없이 게임에 빠져들었다.

레벨도 올리고, 무기 강화도 하고, 아이템도 맞추면서 즐기는데 스마트폰에서 목적지에 가까워졌음을 알리는 알림이 들려왔다.

"헐, 벌써 한 시간이 지난 거야?"

원석은 더 하고 싶었지만 이젠 친구들과 만나야 했기에 아쉬워하며 게임을 종료시켰다.

'애들한테 가르쳐 줘야겠다. 파티 모드가 되니 같이 잡으면 괜찮을 거야.'

목적지에 도착하자 원석은 지하철에서 내려 친구들과 만나기로 한 장소로 성큼성큼 발을 내딛었다.

*　　　*　　　*

"왜 야외 수업은 하지 않는 거죠?"

"……."

목요일 수업을 위해 서재로 들어서자 능령이 한 말이었다.

그런 일을 당한 지 고작 두 달밖에 흐르지 않았음을 말할까 했지만 괜스레 상처를 헤집을 필요가 없었기에 침묵으로 답했다.

하지만 침묵을 이해하기엔 능령은 꽤나 고지식한 편이었다.

준영은 침묵을 버리고 답을 했다.

"글쎄요, 교육의 효과가 없어서라고 한다면 답이 될까요?"

"아뇨, 전 꽤 교육이 되었다고 생각해요. 물론 피해자가 생기기는 했지만요."

능령의 하얗고 긴 검지가 준영을 향했다.

'잊은 건가?'

나쁜 일은 빨리 잊는 게 좋았다.

물론 능령이 잊었다고는 하지만 준영은 결코 야외 수업을 할 생각이 없었다. 쓸데없는 일에 목숨을 거는 건 한 번이면 충분했다.

"야외 교육은 더 이상 없어요. 그러니 수업을 시작하죠. 상자에 든 서류를⋯⋯."

항상 서류로 가득했던 상자에는 아무것도 없었다.

"⋯더 이상 배울 게 없는 거군요?"

"배울 건 여전해요. 다만 다음 주부터는 회사에 나가야 하거든요."

"축하드려요. 지난주에 받은 과외비는 한 달 12회로 계산해서 3분의 2, 340만 원은 돌려 드리죠."

한 달에 500만 원이 아니었다면 진즉에 정리를 했을 것이다.

준영은 해커가 남겨둔 돈 때문에 여유 자금이 충분했기에 무사히 일을 마무리하는 것으로 만족하기로 했다.

"돌려주시지 않아도 돼요. 대신⋯ 대신이라기엔 뭣하지만 토요일, 일요일 이틀간 야외 수업 어때요?"

준영은 능령을 물끄러미 바라보며 그녀가 무슨 생각을 하는지 짐작해 봤다.

'착각이야. 그저 도와준 것에 대한 보답쯤 되겠지.'

순간 머릿속에 떠오르는 생각을 지웠다. 그리고 340만 원을 돌려주지 않아도 된다는 것만으로도 야외 수업을 할 가치는 충분하다고 생각했다.

"저로서는 나쁘지 않은 제안이군요. 그렇게 하죠. 어디 가보고 싶은 곳 있음 말해요. 그곳에서 만나죠."

"제주도에 아는 분 별장이 있어요. 토요일 아침에 김포공항에서 만나요. 비용은 걱정 말고요."

"그때 봤던 민혁이라는 녀석도 데려가도 돼요?"

"…물론이죠."

안 그래도 민혁이 자신의 중국어 실력을 뽐내고 싶다고 능령을 만나게 해달라고 노래를 했었다.

이번 기회가 아니면 이젠 기회도 없었으니 이용할 수 있는 한 해야 했다.

"한데 오늘은 뭐 하죠?"

"이왕 온 거 그냥 가기 뭣하니 차라도 마시면서 얘기나 나눠요."

"그럴까요?"

준영은 차가 나오길 기다리며 능령과 얘기를 나눴다.

김포공항에 약속 시간보다 일찍 도착한 준영은 갑자기 빵

하고 터져 버린 '네임드'라는 게임 때문에 고민을 하고 있었다.

앱을 올린 지 하루가 채 되기도 전에 계약했던 네트워크 사용량을 넘어섰고 이틀째는 시간마다 연장에 연장을 거듭해야 했다.

결국 아예 게임 서버 하나를 대여하기로 함으로써 급한 불을 끈 상태였다.

돈 걱정은 없었다.

게임 내 아이템들이 미친 듯이 팔려 나가고 있어 하루만 자고 일어나도 서버 대여 비용은 충분히 감당하고도 남았다.

또한 회사 측은 토요일, 일요일을 위해 서버 두 대까지는 연결하여 대여가 가능하다고 했기에 문제 될 일은 없었다.

준영이 고민하는 건 개별 서버를 만드느냐, 만들면 어떤 종류로 만드느냐는 것이었다.

서버 구축 비용은 비쌀수록 안정성이 뛰어났다. 그렇다고 서버가 받아들일 수 있는 유저 수가 가격만큼 올라가지는 않는다.

즉 500만 원 정도의 서버나 1억 원이 넘는 서버나 받아들일 수 있는 유저 수는 비슷하다는 것이다.

'욕심이다. 욕심.'

고민하던 준영은 서버 구축은 일단 포기하기로 했다.

컴퓨터 실력이 늘자 서버까지 구축해 보고 싶은 마음에 쓸

데없는 고민을 한 것이다.

가볍게 눈을 감은 준영은 머릿속에서 일을 깨끗이 지웠다. 야외 수업 명목이지만 놀러 가는 길. 최대한 즐기다 올 생각 이었다.

"형!"

"어서 와라."

민혁이 도착했다.

선글라스를 끼고 단정한 스타일의 옷을 입고 있었는데 마치 여행 가는 회사원처럼 보였다.

"누가 널 고딩으로 보겠냐?"

"능령 누나에게 어려 보이지 않기 위해 입은 건데요?"

"늙어 보일 거라곤 생각 안 하냐?"

"설마 그 정도까지야……."

"셔츠 단추나 두 개 풀어."

민혁은 잘난 놈이었다. 옷을 잘 입으면 연예인이라고 해도 믿을 정도로.

능령은 약속 시간이 거의 다 돼서 경호원들을 주렁주렁 달고 왔다.

"늦지 않았죠?"

"정확하게 왔어요."

준영은 능령의 인사에 평소처럼 인사를 했지만 속으로는 무척 놀라고 있었다.

어깨를 드러내는 귀여운 캐릭터가 그려진 반폴라 검은 티셔츠에 같은 검은색의 반바지를 입고 있는 모습에 가슴이 진탕되었다.

그녀를 납치했던 만식의 마음이 이해될 정도로 정장 스타일을 입었을 때와는 달라 보였다.

눈을 떼지 못하고 있었는데 다행히 민혁이 인사를 하는 소리에 정신을 차릴 수 있었다.

"안녕하세요, 능령 누나."

"이젠 중국어 잘하네?"

"하하하! 당연하죠. 누나와 대화하기 위해 최선을 다해 공부했죠."

민혁은 경호원들의 표정이 험악해지는 줄도 모르고 능령에게 중국어로 말하며 살갑게 굴었다.

그렇게 얘기를 나누다 보니 비행기 시간이 되었고 각각 비행기 표를 받고 탑승을 했다.

준영의 자리는 능령의 바로 옆자리였다.

"형, 나랑 자리 바꾸자!"

심장이 두근거릴 정도로 예쁘다고 해서 사랑에 빠지는 건 아니었다.

오히려 성욕에 가까운 감정이었기에 준영은 차라리 잘됐다 생각하고 자리를 바꾸려 했다.

그때 준영만 보면 인상을 쓰던 경호원이 다가와 팔로 민혁의 목을 두르고는 말했다.

"각자 자리에 앉으시죠."

"……."

아무 말도 못 하고 애절한 눈빛으로 끌려가는 민혁보다 날카롭게 쏘아보는 경호원이 무서웠기에 준영은 능령의 옆에 앉아야 했다.

"제주도는 가본 적 있어요?"

"글쎄요, 없는 것 같아요."

"호호! 마치 제삼자처럼 말하는군요."

몸의 주인의 기억을 찾아보고 하는 얘기다 보니 살짝 말이 잘못 나왔다.

그래서 핑계를 댔다.

"워낙 TV에서 많이 봤더니 마치 가본 것처럼 느껴져서요."

"그렇긴 하죠."

아무리 예쁜 것도 계속 보면 익숙해지게 마련. 아예 작정하고 쳐다보니 확실히 나아졌다.

비행기가 뜨고 음료수 한 잔 먹고 나니 제주였다.

연예인들이 즐겨 타는 밴과 승용차 한 대가 기다리고 있었다.

두 명의 경호원은 승용차에, 나머지는 밴을 탔다.

이번엔 민혁이 빨랐다.

능령의 옆자리에 앉은 그는 지금까지 배운 중국어를 모두

다 쓰겠다는 각오로 얘기를 하고 있었다.

준영은 뒷좌석에 앉아 창밖으로 보이는 제주도를 구경했다.

물론 바다 쪽이었다.

한때 투자 이민 제도로 무분별하게 중국인들이 들어왔고 거기다 연예인들이 하나둘씩 제주도 생활을 하면서 일반인들의 유입도 폭발적으로 늘어났다.

그러면서 제주도는 예전의 아름다움을 차차 잃어가고 있었다.

바다가 보이는 곳은 게스트 하우스와 음식점들이 점령을 했고 곳곳에 고급 빌라와 호텔들이 들어서면서 정작 제주도 고유의 모습은 찾아보기 힘든 지경에 이르렀다.

여전히 관광을 하러 오는 사람들은 많았지만 제주의 아름다움이 아니라 카지노를 즐기러 오는 사람이 더 많다는 게 함정이었다.

한라산 방향으로 방향을 바꿔 들어가자 고급 주택과 별장들이 드문드문 보이기 시작했다.

사유지라고 적힌 팻말이 보이고 우회전해 5분 정도 들어가자 여러 채의 건물이 옹기종기 모여 있는 별장—고급 리조트라는 표현이 더 어울리는—이 나타났다.

"우와! 호텔보다 훨씬 좋다."

상위 10퍼센트 안에 든다는 집안의 민혁이 놀랄 정도로 화려하고 멋진 곳이었다.

시원하게 물을 뿜고 있는 분수대를 돌아 차가 섰다.

"능령아, 어서 오너라! 핫핫핫핫!"

중국 한족의 전통 의상인 한복(漢服:한푸라고 발음)을 현대식으로 개량해 입은 초로―45~50세―의 부부가 능령을 반겨줬다.

"삼촌, 숙모! 잘 지내셨어요?"

능령은 그들과 반갑게 인사를 했고 준영과 민혁은 그녀가 환하게 웃는 모습이 생소하면서도 예쁘다고 느끼며 멍하니 보고 있었다.

"뒤에 있는 청년들은 누군가?"

"처음 뵙겠습니다. 안준영입니다."

"안녕하세요. 신민혁입니다."

"난 능령의 작은아버지 되는 진호천일세."

"반갑습니다, 진 대인."

능령과 반가움을 모두 표한 후에야 둘에게 관심을 가지는 진호천.

그는 키가 작고 볼품없지만 정중하면서도 당당해 보이는 준영의 태도에 장난기가 발동했다.

"이 친구는 훤칠하니 잘생겼구먼. 자네는… 꽤나 남자답게 생겼어."

준영은 그가 말하고자 하는 걸 모를 리가 없었다.

'남자답다' 라는 말은 외모를 보고 할 말 없을 때 쓰는 말이었다.

"배려에 감사드립니다, 진 대인."

"하하하핫! 재미있는 친구구만. 자, 들어들 가지."

준영의 재치 있는 말에 진호천은 호탕하게 웃으며 안으로 안내했다.

각자의 방이 정해졌다.

혼자 쓰기엔 좀 과한 스위트룸 수준의 방이었는데, 3층이라 전망이 괜찮다는 걸 빼곤 준영에게 별다른 감흥은 없었다.

짐을 놔둔 후 로비에서 만나기로 한 약속 시간까지는 시간이 남았기에 옆방의 민혁에게로 갔다.

민혁은 편안한 옷으로 갈아입고 소파에 앉아 스마트폰을 가지고 놀고 있었다.

"뭐 하냐?"

"게임이요. 요즘 나온 건데 꽤 재미있어요."

준영이 흘낏 보니 자신이 만든 게임이었다. 워낙 열중을 하고 있었기에 민혁의 옆에 앉아 그가 하는 양을 지켜봤다.

"으아! 5퍼센트 남겨놓고 실패라니."

4인 파티에서 마지막까지 남아 있던 민혁의 캐릭터가 쓰러지자 '실패' 라는 글과 함께 캐릭터는 마을로 이동되었다.

민혁은 억울하다는 듯 머리를 마구 헝클어뜨리며 괴로워했다.

"그렇게 아쉽냐?"

"으흑~ 네, 벌써 세 번째 실패예요. 깨고 무기를 먹어야 다음 단계가 조금 쉽거든요. 저렙 무기라 더 이상 강화를 안 하려고 했는데 어쩔 수 없이 +1강만 더 해야겠어요. 그래야 파티 매칭에서도 조금 유리할 것 같거든요."

게임을 하지 않는 사람이라면 알아듣기 쉽지 않은 말을 쏟아내는 민혁이었다.

하지만 준영이 자신이 만든 게임에 대한 얘기를 못 알아들을 리가 없었다.

"잠깐, 결제하지 마."

"왜요?"

준영은 민혁이 강화 재료를 사기 위해 결제하려는 걸 막고는 스마트폰을 꺼내 뭔가를 조작했다.

띵! 띵! 띵! 띵!

민혁의 스마트폰이 전자음을 내며 계속해서 울었다.

"어? 형, 이거 뭐예요? GM(Game Master)의 선물?"

게임 내 우편함을 보던 민혁이 놀란 얼굴이 되어 물었다.

"형의 선물이다."

"형이 네임드의 GM이라고요? …진짜요?"

"응, 이 게임 내가 만들었거든."

"허얼~ 대박!"

준영은 사실 그저 한 달 월급 정도만 나와주면 좋겠다는 심정으로 앱을 올렸다.

한데 상상도 못 했던 대박이 터지면서 어안이 벙벙한 상태였다.

얼떨떨해하면서 서버 문제를 해결했지만 마냥 그러고 있을 순 없었다.

지금부터는 성공 요인을 파악해 분석하고 앞으로 현 상태를 유지하기 위해 노력할 때였다. 그래서 유저 입장인 민혁에게 게임에 대해 물어도 볼 겸 자신이 네임드라는 게임을 만들었다고 밝힌 것이다.

하지만 민혁에게 객관적인 정보를 얻기에는 무리가 있었다.

오히려 그가 준영에게 묻는 게 많았다.

"이걸 혼자 만들었다고요? 말도 안 돼요. 캐릭터 디자인, 음향 효과, 배경 음악, 이런 걸 혼자 만들려면 몇 년은 걸렸겠다."

"그렇지도 않아. 여기 봐."

준영은 자신의 스마트폰에 있는 앱을 보여줬다.

"이건 캐릭터 디자인 앱이야. 캐릭터를 알아서 디자인하지. 기준이 되는 몬스터 한 마리만 디자인해서 랜덤하게 돌리면 각양각색의 몬스터가 나와. 물론 쓰레기들이 더 많지만 의외로 건질 게 있거든. 그럼 그걸 사용하는 거야."

"네임드에 나오는 몬스터들이 다 그런 식으로……."

"응, 무기 디자인 앱, 방어구 디자인 앱도 패턴만 조금 바꾸면 되니까 아주 쉬워."

"효과음도 이런 식으로 했어요?"

"효과음은 샘플을 팔아. 돈 주고 사서 조금만 고쳤지.

"형, 대단하다. 완전 꼼수의 대마왕이네요."

"칭찬치고는 듣기 그렇다? 상상력이라고 말해주면 안 되겠냐?"

"칭찬이에요. 칭찬. 한데 혀엉~"

"목소리가 영 심상치 않다?"

"무기 +9강이 뭐예요. +15강으로 5렙마다 쏘시죠."

"됐거든. 아직 +15강 한 명도 없는데 그걸 무기 렙마다 달라고? 즐~"

"에이~ 혀엉~"

준영은 안겨오는 민혁을 피해 재빨리 로비로 향했다.

"점심시간이 가까우니 관광은 아예 먹고 시작하는 게 어떻겠나?"

진호천의 제안을 거절할 이유는 없었다.

그를 따라 식당으로 간 준영은 처음으로 놀란 표정을 지었다.

의식주 중에 음식을 으뜸으로 치는 중국인답게 제주도의 각종 해산물 요리들이 열 명이 널찍이 앉을 만한 테이블에 가득 차 있었다.

"뭘 그리 놀라나. 자리에 앉지. 하하핫핫!"

진호천은 사람들이 자신이 이룩해 놓은 것을 보고 놀라는 걸 기쁨으로 생각하는 위인이었다.

그래서 화려하게 별장을 짓고 손님들의 방도 최고급 스위트룸처럼 꾸며놓았다.

대부분의 사람은 별장의 외양을 보고 놀랐고 로비에 들어서면 입을 다물지 못했었다.

그런데 준영은 예의는 발랐지만 별장을 볼 때도, 화려한 로비를 지나면서도 시종일관 시큰둥한 표정이라 은근히 마음이 상해 있었다.

그런 준영이 음식 앞에서 놀라고 있으니 은근히 기분이 좋아진 그였다.

"자, 먹지!"

젓가락질할 곳이 많았지만 준영은 앞에 놓인 갈치 회에 먼저 손이 갔다.

그가 무척이나 좋아했던 음식이었다.

한데 오랜만에 먹어봐서인지 기억 속의 맛과 약간은 다르게 느껴졌다.

"괜찮은가?"

"…아주 훌륭합니다."

거짓은 아니었다. 다르게 느껴진 것이지 맛이 없지는 않았다.

"갈치 회는 제주도에서 먹어야 진정한 맛이 느껴지지."

준영은 진호천의 말에 고개를 끄덕이며 다시 한 점을 먹어 보았다.

기억 속의 맛은 사라지고 약간 다르게 느껴지던 맛이 그 자리를 대신했는지 아주 흡족한 맛이 났다.

'그러고 보니 대부분의 음식 맛이 기억 속의 맛과 다르게 느껴졌었지. 세상이 달라서 그런가?

맛있는 걸 즐겼지만 미각의 달인은 아니었기에 그냥 수긍하고 넘어갔었는데 즐겨 먹던 갈치 맛이 달라 새삼 묘한 차이감에 대해 생각하는 준영이었다.

하지만 곧 세계의 차이겠지, 라며 대수롭지 않게 넘어갔다.

"정말 맛있게 먹었습니다."

점심을 배불리 먹고 준영은 진호천에게 감사함을 표했다.

"중국 음식도 좋아하나?"

"맛있는 건 세계 공통이잖습니까."

"하하! 맞는 말일세. 제대로 하는 요리사가 있으니 저녁은 먹지 말고 오게."

"기대하고 있겠습니다."

준영은 진호천에 대해 어느 정도 파악을 했다.

대접하기를 좋아했고 손님의 반응에 기쁨을 느끼는 사람이었다. 그러니 거절이 오히려 더 큰 실례가 될 수 있었다.

점심을 먹고 관광을 위해 차에 올랐다.

"어디로 가는 길이에요?"

"요트장인데 괜찮니?"

"물론이죠. 누나와 함께라면 어디든 갈 수 있답니다."

다시 능령의 옆자리에 앉은 민혁은 제법 친해졌는지 낯 뜨거운 말도 곧잘 했다.

"픗! 그런 말은 도대체 어디서 배웠니? 준영 씨가 가르쳐 줬어요?"

능령이 웃음을 터뜨리며 뒷자리에 앉은 준영을 바라보며 물었다.

"사용하지 말라고 가르쳤죠. 몇 번 만나지 않은 여자에게 하면 기겁을 할 거라고 했지만 도통 말을 듣지 않는군요."

"어머! 준영 씨는 여자에 대해 잘 아나 봐요?"

"누나, 준영이 형, 얼굴은 저래도 바람둥이예요."

얼굴이 이래서 미안하구나, 민혁아. 으득!

준영은 자신이 수업을 하며 얘기해 줬던 이야기를 아낌없이 토해내는 민혁을 보며 이를 갈았다.

그나마 민혁의 중국어가 아직 좋지 않았기에 망정이지 아니었으면 낯을 들고 다니기 힘들었을 것이다.

"나이에 비해 여자가 꽤 많았군요? 호… 호……."

이야기를 모두 들은 능령은 눈을 살짝 가늘게 뜬 채 준영을 흘겨보고 있었다.

진실을 추궁하는 듯한 눈빛에 시치미를 떼고 창밖을 바라 보던 준영을 구해준 것은 운전을 하던 경호원이었다.

"도착했습니다."

요트 인구가 늘어나면서 만들어진 제주 요트 선착장은 각종 요트로 가득했고 바다에는 드문드문 요트가 떠 있었다.

"흐으으으읍! 바다 냄새만 맡아도 기분이 날아갈 것 같군요."

탁 트인 바다를 보며 준영은 깊게 숨을 들이마시면서 바다의 향기를 만끽했다.

"여자의 체향처럼 느껴지나요?"

"……."

"흥!"

'…코 나오겠다.'

콧방귀를 뀌며 요트를 향해 가버리는 능령을 보니 좋던 기분이 싸늘하게 가라앉았다.

게다가 그녀를 따라가던 민혁까지 한 말 더했다.

"형, 미움 받는다고 슬퍼하지 말아요."

어이없다는 듯 둘의 뒷모습을 바라보던 준영은 곧 무표정한 얼굴로 민혁을 향해 중얼거렸다.

"바보야, 내가 미움을 받으면 네가 슬퍼지는 거야."

"멍하니 서서 뭐 해요! 빨리 와요!"

요트에 탄 능령이 준영을 향해 외쳤고 그는 그런 그녀를 바라보다 혼잣말로 말했다.

"…네네."

요트를 타고 자연경관을 구경하고, 오름길을 걷고, 미로공원에서 누가 먼저 탈출하느냐를 놓고 내기도 하고, 흐르는 시간이 아까울 정도로 재미있게 보냈다.

7시 30분쯤 진호천의 별장으로 돌아와 점심보다 더 많이 차려진 음식을 먹고 나니 하늘엔 어느새 별들로 가득했다.

"후우우우우~"

저녁으로 먹은 중국 음식이 조금 느끼해서 준영은 별장에서 한참 떨어진 곳에서 시가를 피우고 있었다.

"어디 갔나 했더니 이런 곳에 있었군."

진호천이었다.

"식후 한 대 중이었습니다."

준영은 시가를 들어 보이며 어깨를 으쓱해 보였다.

"오! 시가 맛을 아는 친구였군."

"저에겐 사치스러운 취미죠. 하나 드릴까요?"

"그렇다면 나도 좋은 걸 주지."

그의 손엔 얼음을 채운 두 개의 양주잔이 들려 있었다. 우연이 아니라 준영을 찾아왔다는 뜻이었다.

준영의 생각을 눈치챘는지 진호천은 가로등을 흘깃 바라보더니 조금 전 준영이 했던 것처럼 어깨를 으쓱거렸다.

가로등 옆 그늘진 곳에 CCTV가 달려 있었다.

준영은 그가 찾아온 이유를 굳이 생각하지 않았다. 곧 진호천이 말을 꺼낼 것이 분명했기 때문이었다.

두 사람이 뿜는 시가 연기가 안개처럼 어둠 속으로 사라져 갔다.

"자네는 좀 특이한 구석이 있어."

"그렇습니까?"

"하는 양을 보면 대단한 집안의 자식 같거든."

"서민으로 태어나 발악하는 거죠. 허세라는 표현이 더 맞겠군요."

"허세라… 혹시 자네 아버님이 사업을 하다 망하셨나?"

"…평생 샐러리맨이셨습니다. 얼마 전에 퇴직을 하셨죠. 외가도 마찬가지입니다. 은행 빚이 있는 집 한 채에 사 남매와 부모님, 조부모님 이렇게 여덟 명이 생활하고 있습니다."

"그래? 허 참, 내 눈이 틀릴 날이 올 줄이야. 괜히 물어 답하기 곤란했겠구먼."

"아닙니다. 부끄러울 것도 없습니다. 현실을 바로 보지 못한 채 부나방처럼 빛만 쫓는 것처럼 어리석은 건 없으니까요. 다만 당당하고자 노력하는 것뿐입니다."

진호천은 준영의 말에 고개를 끄덕였다.

사실 그의 형인 진명천에게 한 가지 부탁을 받았는데 그게 준영이 어떤 인물인지 살펴보라는 것이었다.

별 볼 일 없는 집안의 준영을 눈여겨보라고 할 때는 우스운 생각이 들었었는데 말하는 투나 눈빛을 보니 그가 왜 그런 관심을 가졌는지 알 만했다.

　"지금 하는 일을 물어도 되겠나?"

　"편하게 말씀하십시오. 그리고 이 술을 한 잔만 더 주신다면 제 속마음까지 보여 드리겠습니다."

　준영은 빙긋 웃으며 빈 잔을 들어 보였다.

　"술 맛도 아나?"

　"술술 넘어가는 게 보통 술은 아닌 것 같아서요."

　"나도 아끼는 술인데… 좋아, 이 술 이름을 알아맞히면 선물로 한 잔 주지. 못 맞힌다면 그걸로 만족하고 내 질문에 답하게."

　"음……."

　준영은 검지로 턱을 긁적거렸다.

　사실 술 맛 또한 기억과 달랐다. 다만 자신이 좋아하던 술의 기억과 가장 가까운 술 맛이었기에 한 잔 더 마시고 싶었을 뿐이었다.

　"루이 13세 제로보암 한정판입니까?"

　"……."

　"틀렸나보군요. 아쉽군요. 그저 맛있어서……."

　"아니, 맞았네. 이거야 원, 어쩔 수 없군."

　진호천은 CCTV를 향해 술을 가져오라는 제스처를 취했다.

곧 집사로 보이는 사람이 달려와 새로운 잔을 건네주고 다시 가버렸다.

"잘 마시겠습니다."

"커험! 그러게."

준영은 한 모금을 마신 후 말을 했다.

"군대 제대 후 복학을 준비 중인 학생입니다. 올해 수능을 다시 볼까 생각 중입니다만 결과는 어떻게 될지 모르겠습니다. 그리고 아시는 바처럼 능령 씨와 민혁이의 과외를 하고 있고……."

"있고?"

진호천은 적당한 추임새를 넣어줬다.

"최근엔 스마트폰 게임을 하나 만들었습니다."

"재주가 꽤 많구먼. 10개 국어를 하고 게임을 만들었다라……."

"먹고살기 위한 노력이죠."

"전자만 하더라도 노력만으로 이루긴 힘든 일이지. 한데 자네는 내가 왜 이런저런 질문을 하는지 궁금하지 않나?"

"몰랐는데 오늘 알게 되었습니다."

"오호!"

"걱정 말라고 전해주십시오. 그저 색다른 것에 대한 호기심일 뿐이고 곧 제자리를 찾을 것이라고요."

"자네는?"

"과외 하는 학생 이상은 아닙니다."

진호천은 말하는 준영의 모습을 자세히 살펴보았다.

그리고 그의 오래된 연륜이 거짓이 아니라고 말해주고 있었다.

다행이라면 다행이지만 왠지 기분이 좋지 않았다.

객관적으로 봐도 조카 능령은 어디 한 군데 빠지는 곳이 없는 아이였다.

그런 그의 마음이 얼굴에 표가 났을까?

준영은 한마디 덧붙였다.

"제가 잘났다는 뜻이 아닙니다. 언감생심이라는 단어를 잘 이해하고 있는 것이죠. 하하하."

진호천은 눈앞에서 가볍게 웃고 있는 준영이 순간 탐이 났다. 날개만 있다면 훨훨 하늘을 날 존재로 보였기 때문이었다.

자신이 키워주겠노라 말하려는데 인기척이 느껴져 뒤를 돌아보자 능령이 쭈뼛거리는 게 눈에 보였다.

"학생이 찾아왔군. 우리 얘기는 다음에 하기로 하세. 참, 조금 있다 카지노에 갈 테니 같이 가세. 하하핫핫!"

뭐가 그리 좋은지 호탕하게 웃고 가는 진호천을 바라보던 준영은 그가 사라지자 나타나는 능령을 보고 살짝 인상이 구겨졌다.

'소화시킬 시간을 주란 말이다!'

삼촌과 조카가 흡연할 여유조차 주지 않음이 살짝 짜증스럽긴 했지만 한밤중 미녀와의 대화를 거절할 만큼 메마른 성격은 아니었다.

"여기 있었네요?"

누가 삼촌과 조카 사이 아니랄까 봐 접근 방식까지 비슷했다.

준영은 쭈뼛거리며 다가오는 능령을 보곤 먼저 나서서 제안을 했다.

"능령 씨, 우리 산책이나 할까요?"

"네."

둘은 잘 꾸며놓은 산책로를 따라 걸었다. 한참 어색하게 걷다 먼저 말을 꺼낸 것은 준영이었다.

"이번에 회사에 들어간다고 했는데 직위가 뭐예요?"

"호텔 사장으로 들어가요."

한국이라면 자녀들에게 일을 배우라며 중간 직책으로 발령하는 경우가 많았지만 중국은 하나의 회사를 통째로 맡기는 경우를 선호했다.

일반 직원들이 볼 땐 도 긴 개 긴이었지만 말이다.

"그럼 마지막 수업을 할게요. 제가 지금까지 능령 씨에 대해서 보고 느낀 바를 말할 테니 기분 나빠 하지 말았으면 해요."

"…그러죠."

방금 전까지 입꼬리가 살짝 올라가 있던 능령의 표정이 딱딱하게 굳었다.

"다시 말하지만 내가 잘못 판단한 부분도 있을 겁니다. 그리고 능령 씨의 생각과 다른 부분도 있을 거고요. 그래도 끝까지 들어줬으면 좋겠어요."

말과 함께 난 능령을 바라봤고 그녀는 고개를 끄덕였다.

준영은 말을 이었다.

"능령 씨가 첫 출근을 하면 아마 회의를 하겠죠? 회사 전반에 대한 보고가 될 겁니다. 그 때문에 능령 씨가 한국어를 공부한 거고요."

"맞아요."

"회의 진행은 중국어로 하라고 하세요."

"네? 그건……."

"얕보이지 않게 한국어를 철저히 공부했지만 한국어로 회의를 진행하는 순간 당신은 얕보이게 되어 있어요. 아버지인 진 대인을 생각해 봐요. 그분이 한국어를 할 줄 아시던가요?"

"아, 아뇨."

능령은 상당히 당황스러웠다.

낮에 민혁의 방해로 이루지 못했던 대화를 나눌 요량으로 준영을 찾아온 것이었다.

한데 대화의 방향이 전혀 엉뚱했다.

게다가 고작 과외 선생이 경영에 대해 운운하는 게 우습기도 했다.

"진 대인께서 회사를 운영할 때 이상이 있었나요? 없었을
겁니다. 한데 왜 능령 씨는 한국어로 회의를 진행하려고 하는
거죠? 당신의 한국어 실력을 보여주기 위해서요? 과연 그들
이 당신의 한국어 실력을 보고 '우와 새로 온 사장은 한국어
가 능통해.' 라며 좋아라 할 것 같나요?"

능령은 묵묵히 준영의 말을 들었다.

"중국어로 회의를 진행하고 궁금한 점은 중국어로 묻고 제
대로 알아듣지 못하는 임원이 있다면 따끔하게 지적하세요.
그게 당신을 훨씬 강력하게 만들 겁니다. 물론 뒤에서 욕을
할 겁니다. 하지만 감히 앞에서는 하지 못할 겁니다. 잊지 마
세요. 능령 씨가 회사의 사장이 되는 순간 당신의 회사예요.
누군가가 자신의 권위에 도전하려 하면 가차 없이 밟아야 합
니다."

"동의할 수 없는 말이군요."

'당신이 뭘 아느냐!' 고 소리치고 싶었지만 최대한 참으며
능령이 입을 열었다.

"어떤 점에서요?"

"내가 한국어를 사용함으로써 얻는 이득도 있어요. 회사의
업무 처리를 통일시킴으로써 빠른 일처리가 가능하고 중국어
와 한국어의 양 국어를 사용함으로 인해 낭비되는 비용을 없
앨 수 있죠. 그 외에도 하나의 언어로 통일함으로써 얻는 이

익은 수없이 많아요."

"혹시 호텔 경영이 어렵습니까?"

"…아뇨, 그렇지 않아요."

"그것도 아닌데 왜 비용을 신경 쓰죠? 어차피 그렇게 해서 남는 돈도 주주들에게 배당하고 세금으로 나가고 나면 얻는 이익은 생각보다 크지 않을 텐데요?"

"기업을 경영하는 사장으로서 그건 당연히 가져야 할 덕목이에요!"

능령은 걸음을 멈추고 준영의 비꼬는 듯한 말투에 버럭 소리쳤다.

준영은 그런 그녀를 마주 보고 다시 말을 했다.

"교과서적인 얘기는 그만해요. 사장으로서 가장 신경을 써야 하는 건 직원들의 복지도 아니고 회사의 이익도 아닙니다. 바로 자신의 직위를 지키기 위해 노력해야 하는 겁니다. 내가 있기에 직원들이 있는 거지, 내가 없으면 직원도 없어요."

"지극히 자기중심적이군요."

"맞아요. 그게 정답입니다. 자기중심적이어야 합니다. 내 자리를 보전하기 위해 이익을 만들고 그 이익에서 비자금을 만들어 날 위협하는 이들을 제거하는 데 사용하는 겁니다. 그리고 내 자리가 더 이상 위협받지 않는다고 생각 들 때 밑에 사람을 보면 됩니다."

"……"

"허울 좋게 '직원과 함께 가는 회사', '가족 같은 회사', '고난을 함께하는 회사' 따위는 직원들을 착취하기 위해 경영진들이 만들어낸 허울에 불과합니다. 진정 직원들을 위한다면 당신이 바로 서야 해요. 당신이 바로 서기 위해 직원들의 반을 줄여야 한다면 반을 쳐내야 합니다. 그래야 당신이 살고 반이 삽니다."

준영의 묘한 박력에 능령은 점점 말이 없어졌다. 그리고 머릿속이 마구 헝클어졌다.

준영의 말은 계속됐다.

귀를 틀어막아 차단을 하고 싶었지만 그의 말은 이미 머릿속으로 들어와 헝클어진 생각들을 하나둘씩 풀어 새로운 질서를 만들고 있었다.

"…마지막으로 한 가지만 더. 완벽해지려 하지 말아요. 세상에 완벽한 사람은 없어요. 완벽하지 않음을 인정해요. 그리고 그 부족한 부분을 채울 수 있는 사람을 옆에 두면 되는 거예요. 힘들 거예요. 습관조차 고치기 힘든데 천성적인 걸 어떻게 하겠어요. 하지만 고치려고 해봐요. 당신의 약점이 될 수 있으니까요."

능령은 고개를 끄덕였다.

그녀도 알고 있었지만 준영의 말처럼 고치기가 쉽지 않았다.

"이상으로 수업 끝! 수업이라기보단 마치 내 생각을 강요하는 것 같았죠?"

"많이요."

"예전 기억 때문에 그랬어요. 미안한 감정이 있었나 봐요. 뭐, 이젠 그런 일이 일어날 수도 없지만요."

"네?"

"하하! 아무것도 아니에요. 아웅~ 이제 들어가죠. 민혁이가 많이 심심해하겠네요."

"준영 씨……!"

"네?"

능령은 자신의 부족한 부분을 채워줄 수 있냐고 묻고 싶었다. 하지만 마치 프러포즈 하는 모양새였기에 손을 흔들며 말했다.

"…아, 아무것도 아니에요."

"싱겁긴. 참, 수업이 완전히 끝났으니 앞으로는 누나라고 부를게요. 그동안 어린 녀석이 이름을 불러 기분이 안 좋았죠?"

"시……."

"아! 저기 진 대인이 부르네요. 카지노 데리고 간다고 했는데. 어서 가요, 누나."

싫다고 말할 타이밍을 놓친 능령은 멍하니 달려가는 준영의 등만 바라보고 있었다.

그리고 자신도 모르게 중얼거렸다.

"살도 뺐는데……."

*　　　*　　　*

민혁은 고등학생이라는 이유로, 능령은 머리가 무겁다는 이유로 카지노로 출발한 건 진호천과 준영 둘뿐이었다.

차를 타고 카지노로 향하는 도중 진호천이 뜬금없는 말을 했다.

"자네, 말 참 재미있게 하더군."

"무슨 말씀이신지?"

"CCTV가 화면만 찍던 시대에 살았던 사람 같군."

"쩝! 취향이 독특하시군요."

"내 취향 탓이 아니라 둘의 논쟁이 너무 재미있어서 본 것뿐이네. 한데 독특한 건 오히려 자네의 경영 철학이더군. 사장이라는 직위에 대해 상당히 부정적이던데 피해라도 입은 건가?"

"그런 경험이 있을 나이가 아니잖습니까? 그리고 그저 개인적인 생각이라 말한 부분은 듣지 못하셨나봅니다?"

"핫핫핫! 내 생각과 너무 비슷해서 더 들을 필요가 없었지. 도착했나 보군. 들어가세나."

불야성!

카지노만큼 이 단어에 어울리는 단어가 없었다.

대기자들이 북적이고 있음에도 연신 들어오는 버스는 사람들을 토해내고 있었다.

"대기는 안 하는 겁니까?"

경비원들이 지키고 있는 정문으로 향하는 진호천에게 물었다.

"그러는 자네는 왜 따라오는가?"

"진 대인께서 이곳의 VVIP로 보여서요."

"비슷하지만 틀렸네."

진호천이 다가가자 경비원은 물론이고 직원들까지 밖으로 나와 폴더식 인사를 했다.

그는 귀찮다는 듯 손을 흔들고 바로 카지노로 향했다.

"소유주셨군요?"

"대주주 중 한 명이고 이곳을 책임지고 있지."

"돈 딸 생각은 버려야겠군요."

"오호! 딸 수 있다는 소리로 들리는군?"

"왠지 잃을 것 같지는 않아서요."

"좋아, 내가 주는 칩을 열 배로 불려오면 아까 마신 술을 한 잔 주지. 그리고 백 배로 불려오면 병째 주지."

"약속하신 겁니다."

"핫핫핫! 약속하고말고."

물론 준영은 돈을 100배까지 불릴 자신이 없었다. 그저 말장난을 친 것뿐이었다.

진호천은 통 크게 100만 원의 칩을 준영에게 줬다.

준영은 칩을 든 채 천천히 카지노를 돌기 시작했다. 북적이는 사람들 때문에 걸음을 옮기기가 쉽지 않았지만 느긋하게 각 테이블을 구경하며 다녔다.

'역시 확률이 가장 높은 건 블랙잭인가?'

1은 1과 11이 되고 10, J, Q, K 카드는 10이 되어 숫자 21—블랙잭—을 만드는 게임.

블랙잭은 테이블에 앉은 사람들이 딜러를 죽이는 게임이었다. 한데 혼자만 살고자 하면 죽어나는 건 다른 사람들이었다.

준영도 처음 블랙잭을 할 때 돈을 땄다. 하지만 그 즐거움에 같이 앉아 있던 사람들을 배려하지 못했고 하나둘씩 떠나고 결국 혼자만 남게 된 경우가 있었다.

그가 자리에서 일어나자 다시 사람들이 앉는 것을 보곤 이유를 물었고 딜러를 죽이는 게임이라는 걸 알게 되었다.

블랙잭을 하는 테이블만 십여 개였다.

준영은 테이블마다 옮기며 플레이어—손님—들을 살폈고 괜찮다고 생각되는 테이블을 찾았다.

바로 자리에 앉지는 않았다.

플레이어의 성향과 카드를 살피는 게 중요했다.

'우측 세 사람이 제법 하는 사람들이군.'

좌측에서부터 카드가 주어지기 때문에 딜러를 죽이기 위

해선 우측에 앉은 사람들이 중요했다.

우측 마지막 사람이 21이 되지 않아도 딜러가 보여주는 한 장의 카드를 보고 받을지 받지 말아야 할지를 결정하는 자리였기 때문이다.

딜러는 16 이하이면 무조건 받아야 하고 17 이상은 멈춘다.

만일 마지막 사람의 카드가 15가 된 경우, 딜러의 카드가 6일 때 다음 카드가 10일 확률이 높을 것이라 생각한다면 받기를 멈추는 것이 좋을 것이다.

10이 뜨면 16, 다시 한 장 받아야 하는 딜러가 6 이상의 숫자만 나오면 버스트(Burst : 카드의 숫자가 21이 넘어가는 경우)가 되어 버스트가 나지 않은 모든 사람들이 돈을 받을 수 있기 때문이다.

카드가 떨어지자 딜러는 여러 개의 카드를 꺼내 마구잡이로 섞어 랙(Rack)에 넣었다.

그리고 몇 판이 이어졌고 자리가 났다.

'하필⋯⋯.'

우측 마지막 남자가 떠난 것이다.

준영은 고민을 하다가 네 번째, 다섯 번째 사람들과 눈인사를 한 후에 자리에 앉았다.

두세 판 정도는 지켜볼 것이다.

그 후에 가능성이 없다고 생각한다면 눈인사를 한 두 사람도 일어날 것이다.

딜러의 카드는 4, 준영이 처음 받은 카드는 퀸(Q : 10)이었다.

출발부터 괜찮다는 생각으로 판 전체를 지켜봤다.

'좌측부터 블랙잭, 18, 버스트, 17, 20……'

준영에게 떨어진 카드는 5.

'15라……'

준영의 머릿속이 빠르게 움직이고 있었다.

카드를 섞을 때부터 지금까지 나온 카드의 수를 기억해 내고 앞으로 나올 카드의 확률을 계산했다.

준영은 손을 좌에서 우로 그어 받지 않겠다는 표시를 했다.

딜러의 차례. 8이 떨어지면서 총합 12.

다음 카드가 무엇이 나올지 모두의 시선이 고정됐다.

K였다. 총합 22로 버스트.

딜러는 블랙잭인 사람에겐 2배의 돈을 주고 나머지에겐 건 만큼의 돈을 줬다.

다음 판은 블랙잭이 나오며 생각하고 말고가 없었다.

열 판이 넘었지만 네 번째와 다섯 번째 사람들은 일어나지 않았다.

'나를 믿는다는 거군.'

준영은 복잡하게 머리를 굴려야 했지만 게임을 즐기고 있었다.

때론 딜러가, 때론 플레이어들이 이기며 착실히 승률을 챙겨갔다.

스무 판이 돌아 70퍼센트의 승률을 챙기자 테이블은 화기애애해졌다.

"한잔하시죠."

옆에 앉은 중국인이 웃으며 나와 좌측에 있는 남자에게 술잔을 내밀었다.

"고맙습니다."

"게임을 조금 하시는군요."

"옆에서 도와주는 분들이 계시니 한결 편하군요."

확실히 두 사람도 어느 정도 카드를 보고 있었다. 확률에 불과했지만 그 확률이 쌓여 지금의 결과를 내고 있었다.

"다음 판 이기면 다음은 제가 내죠."

"그다음은 제가 내죠."

네 번째 남자가 말했고 준영이 이어서 말했다.

"하하하! 이러다 취해 게임도 못 하겠군요."

"즐기는 거죠."

"맞는 말입니다. 즐겨보죠."

서른 판이 넘어가자 좌측 세 명도 한 명씩 바뀌더니 꽤 괜찮은 사람들이 앉았다.

특히 세 번째 앉은 여자는 앉자마자 좌우로 눈인사를 보내왔다.

여섯 명이 딜러 죽이기에 들어갔고 칩은 색깔을 바꿔가며 점점 쌓여갔다.

주변에 모여든 사람들도 많아졌고 그들이 사이드에서 거는 돈도 점점 많아졌다.

결국 딜러가 바뀌었다.

편안한 인상의 중년 남자.

왠지 타짜의 냄새가 물씬 풍기는 것이 우리 조합을 깨기 위해 온 것 같았다.

다시 게임이 시작됐다.

승률은 여전히 높았다. 그러나 서서히 준영의 카드 예측이 떨어지기 시작했고 승률도 떨어졌다.

'카드를 모두 외운 건가?'

카드 한 벌은 52장. 열 개의 카드를 섞으면 520장. 이걸 바닥에 놓고 섞고(Washing) 셔플(Shuffle)을 하는 데도 외우는 사람이 있을까 싶겠지만 인간의 뇌에는 한계가 없다는 게 준영의 생각이었다.

왜냐하면 준영이 그렇게 보고 있었기 때문이다.

이 몸의 머리로는 불가능할 거라고 생각했는데 그새 머리가 좋아졌는지 가능했다.

한데 문제는 확신하던 카드가 전혀 엉뚱하게 나온다는 것이었다.

어떻게 하는지 대충 짐작이 되었기에 준영은 랙에서 카드를 꺼내는 딜러의 손에 집중했다.

보이지 않았다. 아마 초고속 카메라로 찍어야 겨우 보일 것
이다.

승률이 나빠지자 여섯 명이 서서히 분열되기 시작했다.

준영은 신경 쓰지 않고 눈을 감았다. 그리고 온전히 귀에
집중을 했다.

주변의 시끄러운 소리들을 하나둘씩 지워가기 시작했고
오로지 랙에서 카드가 나오는 순간에 모든 정신을 모았다.

제일 위에 있는 카드가 빠져나올 때와 아랫부분의 카드가
나오는 소리가 틀렸다.

예상대로 딜러는 엄지로 카드 몇 장을 밀어 자신이 원하는
카드를 빼낼 수 있었다.

"전 테이블을 옮겨야겠어요."

밝힐 수 없는 걸 밝히려 해봐야 소용없는 짓이었다. 그저
아는 것으로 만족하고 그만두는 게 좋았다.

"워낙 솜씨가 좋아 굶을 일은 없을 것 같으니 팁은 필요 없
겠죠?"

"……."

딜러의 표정이 보기 좋게 구겨지는 걸로 만족하기로 하고
칩을 챙겨 자리에서 일어났다.

물론 다른 멤버들도 일어났다.

"즐거웠습니다."

준영은 그들에게 인사를 했다.

"저도 즐거웠어요."

"나도 재밌었어요."

모두 뿔뿔이 흩어졌다. 세 번째 앉아 있던 여자만 제외하고 말이다.

"더 즐기지 않을 건가요?"

살짝 몸을 뒤트는 모양새가 유혹이 분명했다.

"그러고 싶은데 힘들 것 같아요."

"왜요?"

그녀는 대답을 듣지 않고 손을 흔들며 뒤돌아서 다른 곳으로 가버렸다.

어느새 준영의 옆에는 양복을 입은 사내들이 서 있었다. 매니저로 보이는 사내가 다가와 정중히 말했다.

"잠깐 같이 가주시겠습니까?"

정중했지만 쫓아내려는 의도가 다분히 담긴 얼굴이었다.

말썽 피울 생각은 없었기에 순순히 허락했다.

어차피 즐기러 온 거 너무 짧은 게 흠이라면 흠이었기에 한마디를 덧붙였다.

"그러죠. 참, 진 대인께서는 어디 계시죠? 보시면 저 밖에서 기다린다고 전해주세요."

"…네? 진 대인이라 하시면……."

"진호천 대인과 같이 왔어요."

"헉! 회, 회장님과······."

매니저는 하얗게 질린 얼굴로 어떻게 해야 할지 갈피를 잡
지 못하고 있었다.

"빨리 가시죠."

"아, 아, 아닙니다. 펴, 편안히 즐기십시오."

"그래도 될까요? 아까처럼 그 딜러가 나오면 정상적인 게
임이 되지 않을 텐데······."

"계신 테이블로는 절대 보내지 않겠습니다."

준영은 장난은 그만 치기로 했다. 삼촌뻘의 사내를 더 이상
놀렸다가는 울 것 같았기 때문이었다.

"그냥 즐기기만 할게요."

준영은 다시 돈 통을 들고 블랙잭 테이블을 돌기 시작했다.

마작을 즐기던 진호천은 따분해져 준영을 찾을 겸 카지노
전체를 볼 수 있는 컨트롤 센터로 향했다.

'무슨 일이 있나?'

평소와 달리 웅성거림이 컸기에 데이터베이스에 없는 타
짜를 잡았나 싶어 인사를 하려는 경호원들을 조용히 하라고
시킨 뒤 안으로 들어갔다.

중앙 메인 화면에 블랙잭 테이블이 잡혀 있었고 많은 이들
이 거기에 집중하고 있었다.

그를 본 사람들이 있었지만 그가 검지를 입술에 대고 있었

기에 본 사람들은 조용히 자신의 자리로 돌아갔다.

"우와! 또 이겼어. 괴물이야. 괴물."

"몇 판째냐?"

"스무 판 연속이야."

"타짜가 분명해 보이는데 도대체 왜 저 인간은 계속 두는 거야?"

"성 매니저님 말로는 회장님과 같이 온 손님이래."

사람들이 이런저런 얘기를 하는 동안 또다시 플레이어들이 환호하는 모습이 비춰졌다.

진호천은 어이가 없었다.

준영을 멀리서 찾을 필요도 없었다.

바로 테이블에 산더미처럼 칩을 쌓아두고 술을 마시며 블랙잭을 하고 있는 이가 준영이었기 때문이었다.

"어떻게 된 일인가?"

"아, 저거. 그게 말이지. …회, 회장님, 죄, 죄, 죄, 죄송……."

동료인 줄 알고 반말로 말하려던 직원은 진호천임을 확인하곤 놀라 말도 제대로 하지 못했고 직원들은 번개처럼 자신의 자리로 돌아갔다.

"됐으니까 말해."

"그, 그게 말입니다. 어찌 된 거냐 하면 말이죠……."

직원의 말을 듣던 진호천의 얼굴이 점점 찌푸려지고 있었다.

직원의 말이 끝나자 진호천의 불호령이 떨어졌다.

"당장 저놈 잡아와!"

명령을 내리고 화면을 보니 스물다섯 판째 승리를 하고 환호하는 준영의 모습이 보였다.

"망할 놈, 술이 그렇게 가지고 싶었던 거냐?"

진호천의 눈은 탐나는 보물을 보는 것처럼 반짝이고 있었다.

*　　　*　　　*

준영은 제주도에서 자신이 선보인 능력에 대해 생각을 해보았다.

놀랄 만한 기억력과 집중력.

신문에 나오는 사람 이름을 보고 난 뒤 다음 장으로 넘기는 순간 잊어버리곤 하던 머리가 어느 순간 예전의 자신처럼 되어 있었다.

아니, 집중력 부분에선 오히려 전의 세계보다 훨씬 더 뛰어났다.

'내 정신이 몸에 적응을 하기 시작한 건가?'

좋은 게 좋은 거였다.

워낙 황당한 일들이 많이 일어나니 그냥 그러려니 하고 넘어가는 것이 나았다.

그나저나 제주도에서 카지노에 갔던 일이 떠올랐다.

간만에 많은 술을 마셔 취한 채 너무 많은 돈을 따버린 게 문제가 되었다.

진호천 앞에 끌려가 칩을 계산해 보니 3억이 넘는 돈이었다.

100만 원의 칩을 준 것도 진호천이었고 칩은 칩일 뿐이라고 생각해 모두 돌려주려고 했다. 하지만 진호천은 돈과 함께 약속했던 술까지 줬다.

그에게 그 정도의 돈은 껌 값이나 다름없는 돈이었으니 준다는 데 마다할 이유는 없었다.

다만 대학 졸업을 하고 꼭 자신과 같이 일하자고 은근히 말하는 그에게 술에 취해 그러자고 말한 것이 마음에 걸리긴 했다.

"에이, 나중 일은 나중에 생각하자. 4년도 넘게 남은 일을 지금 고민해 봐야 뭐해? 정 안 되면 졸업을 안 하면 되지."

"…그게 무슨 말이냐?"

식칼을 들고 말씀하시는 어머니 덕분에 준영은 자신이 식탁 앞임을 깨달았다.

집중력이 너무 좋아도 문제였다.

"아, 아무것도 아니에요. 저, 나가요."

"오늘도 늦니?"

"네에~"

제주도에서 돌아온 후 나흘간 바빠도 너무 바빴다.

네임드의 서버는 결국 두 개로도 부족해 대규모의 IDC(Internet Data Center : 개인이나 기업에게 전산 설비나 네트워크 설비를 임대하는 곳)로 이전했고 성심미디어를 주식회사로 전환했다.

또한 혼자서는 일의 효율이 나지 않는다는 판단에 사무실을 구하고 모집 공고를 냈다.

오늘이 면접을 보는 날이었다.

12장

밝혀진 비밀

사무실은 동네의 맞은편에 있는 회기역에서 약 5분 정도 떨어져 있는 곳에 구했기에 집에서 걸어서 10분 정도면 충분히 도착을 했다.

　문을 열고 들어가자 썰렁함이 먼저 준영을 반겼다.

　지난 나흘간의 노력 때문인지 사무실은 깔끔하게 정리되어 있었다.

　곧 사람을 맞이할 책상 두 개와 늘어날 사람들을 위해 마련된 책상 네 개가 양 옆으로 나란히 배치되어 있었다.

　책상에는 업무용으로 맞춰놓은 컴퓨터가 놓여 있었는데, 고글과 글러브가 포함되어 있었다.

각자 가진 스마트폰으로도 충분했지만 보안을 위해서 투자를 한 것이었다.

사장실은 직원들의 사무실과 벽으로 분리되어 있었는데 혼자 일해야 할 일이 많아서이기도 했지만 방해 받기 싫어 해 둔 조치였다.

크지 않은 사무실이었기에 사장실은 좁았다.

그 좁은 사무실이 책상과 의자, 손님을 위한 작은 소파로 꽉 차 있었다.

믹스 커피를 타 마시면서 어제 '네임드'가 얼마나 벌었는지, 회원들은 얼마나 늘었는지 등을 살펴보았다.

하루가 다르게 매출액은 급성장하고 있었다. 다음 주 정도면 하루 1억은 충분할 것 같았다.

그렇다고 쌓여가는 돈이 그리 기쁘지만은 않았다.

곧 추석이니 추석 이벤트를 만들어야 했고 새로운 게임도 만들어야 했고 슬슬 수능도 신경 써야 했다.

할 일은 여전히 태산만큼 많았다.

"이제 준비해야겠군."

면접 시간이 다가오고 있었다.

지난 이틀간 모집 공고를 보고 스무 명 정도가 연락이 왔었다. 최소한 열 명 정도는 올 것이니 앉을 자리라도 마련해 두어야 했다.

"저… 실례합니다."

20대 후반에서 30대 초반으로 보이는 사내가 조심스럽게 사무실로 들어왔다.

"면접 보러 오셨나요?"

"네."

"여기 앉아서 잠시 기다려 주세요. 커피 드릴까요?"

"…감사합니다."

약간은 주눅이 든 모습. 오랫동안 취업을 하지 못해 자신감을 많이 상실한 듯 보였다.

면접 시간인 9시 30분까지 온 사람은 세 사람에 불과했다.

10분을 더 기다렸지만 더 이상 오는 사람은 없었다.

당연했다.

이름 없는 앱 관련 회사, 최저 임금이라 할 수 있는 3,600만 원의 연봉―면접 시 조정 가능이라 해뒀지만―학력, 나이 불문. 구인 사이트에 올려둔 정보로는 정상적인 회사로 보이지 않았을 것이다.

"자, 면접을 시작하겠습니다."

커피를 타 주던 준영이 세 사람의 맞은편에 앉자 약간 당황하는 듯 보였지만 곧 자세를 바로 하고 앉았다.

"세 분의 성함을 말해주시겠습니까?"

"배정철입니다."

"김정희입니다."

"…최영식입니다."

"반갑습니다. 안준영입니다. 잠시만 기다려 주세요."

준영은 전자 이력서 중 세 사람의 이력서만 남겨두고 나머지는 삭제를 했다.

그리고 스마트폰의 외부 출력 기능을 누르자 공중에 화면이 나타났다. 준영은 그것을 꼼꼼히 살펴보았다.

배정철은 43세로 앱과 관련된 회사에서 사무직으로 일하다 회사가 망하면서 실직한 상태, 김정희는 26세로 재작년에 전자공학과를 졸업한 취업 준비생, 최영식은 31세로 앱 개발학과를 졸업한 취업 준비생이었다.

"지금부터 하는 질문은 모두 녹음이 되며 대답한 것과 다른 점이 발견되면 불이익을 받을 수 있습니다. 동의하십니까?"

"네, 동의합니다."

세 사람은 동시에 대답을 했다.

"혹시 반사회적 인격 장애를 가지고 계신 분?"

"…없습니다."

이상한 질문이라 생각하는지 김정희는 약간 인상까지 쓰며 대답을 했다.

"지병이 있으신 분?"

"특이할 만한 장애를 가지신 분?"

준영의 질문은 계속됐다. 대부분 업무와 상관없는 병이나 정신적인 문제에 대한 질문들이었다.

준영은 앱에 관련된 일을 시켜야 했기에 그에 대한 기본적인 지식은 가지고 있는 사람을 찾았다. 하지만 기본 지식이 있다고 판단되면 스펙만 보고 그 사람의 능력을 단정 짓지 않았다.

누가 일을 잘하고 못하는지는 시켜보면 되는 것이고, 못한다 해도 가르치면 된다는 것이 그의 생각이었다.

"수고하셨습니다. 세 분 다 합격하셨습니다."

본래 두 사람만 뽑을 생각이었지만 공교롭게 세 사람이 왔기에 세 사람 다 뽑기로 결정했다.

"네?"

"이게 끝인가요?"

"……."

세 사람의 반응은 조금씩 달랐지만 공통적인 건 믿을 수 없다는 표정이었다.

준영은 말을 이었다.

"끝은 아닙니다. 전 여러분이 마음에 들어 합격시켜 드렸지만 이제부터 다른 얘기를 나눠야겠죠. 연봉 문제라든가 회사에 대한 궁금증이라든가 하는 얘기들이요. 그러고 난 뒤에 여러분이 선택을 해주시면 됩니다."

주는 돈 만큼 빡세게 돌릴 생각이었기에 억지로 다니는 사람은 필요 없었다.

"연봉은… 경력자인 배정철 씨는 4,800만 원, 김정희 씨와

최영식 씨는 3,600만 원입니다."

"4대 보험은요?"

배정철은 나쁘지 않다고 생각했는지 조심스럽게 물어왔다.

"구인 사이트에 고지한 대로입니다."

"혹시 인턴 과정은 있습니까?"

"없습니다."

"…무얼 하는 회사인지?"

"앱 개발입니다. 개발 팀은 따로 있으니 여러분이 하셔야 할 것은 보조 업무가 주가 될 것입니다."

"개발된 앱이 있습니까? 있다면 어떤 것들이 있는지 말해주실 수 있으십니까?"

"네임드라는 게임이 우리 회사의 작품입니다."

"아! 네임드!"

최영식이 놀라며 소리치자 배정철과 김정희는 더 말해보라는 듯 그를 바라보았다.

"요즘 유명한 게임이에요."

"그렇게 말해주시니 고맙습니다. 제 입으로 이런 말하긴 뭐하지만 우리 회사는 꽤 전도유망한 회사라는 겁니다. 신생 회사라 여러분들이 해야 할 일이 많겠지만 고용이 불안하지는 않을 겁니다."

최영식의 반응이 결정타였는지 세 사람 다 얼굴이 좋았다.

"오늘 가서서 결정 내리시고 내일부터 출근하시면 됩니다. 내일 나오실 때 신분을 증명할 서류, 주민등록등본, 급여 통장 사본을 가져오시면 됩니다. 오랜 시간 면접 보느라 고생들 하셨습니다."

"수고하셨습니다."

"참, 이건 면접비입니다. 여기 서류에 사인만 해주시면 됩니다."

세 사람에게 5만 원이 든 봉투를 건넸다.

"내일 뵙겠습니다."

배정철은 결정을 했는지 아예 내일 보자며 인사를 하고 나갔다.

"휴~ 내일부터는 좀 편해지려나."

세 사람이 떠났지만 준영의 일은 이제부터 시작이었다.

벽에 걸린 시계를 바라본 준영은 점심시간 전까지 일이라도 할 요량으로 사장실로 들어갔다.

*　　　*　　　*

직원 셋이 생기자 한결 편해졌다.

특히 경력자인 배정철을 팀장에 앉힘으로써 회계와 관련된 업무를 제외하곤 손 댈 것이 없었다.

그저 할 일을 하다가 점심때가 되면 점심을 먹었고 퇴근 때가 되면 간단히 저녁이나 술 한잔하며 사기를 북돋기만 하면 되었다.

잡다한 업무에서 벗어나자 일의 진척은 빨랐다.

네임드는 10월 중순에 있을 추석을 위한 이벤트와 두 달 뒤에 있을 업데이트, 6개월 뒤에 있을 대규모 업데이트까지 모두 준비를 마쳤다.

그리고 현재 새로운 게임을 만들기 시작했다.

너무 빠른 출시는 결국 네임드의 유저를 갉아먹을 수 있었기에 느긋이 준비하면 되었다.

여유가 생긴 준영은 점심을 먹고 들어와 풀어본 수능 모의고사의 답을 채점하고 있었다.

지난달에 전국적으로 보았던 시험이라 점수로 전국 등수까지 대충이나마 짐작할 수 있었다.

"1퍼센트 안이군."

가상현실 안에서 얻은 사기적인 능력 때문에 점수는 최상위 대학도 욕심내 볼 만한 성적이었다.

일과 학업을 병행해야 했기에 멀지 않은 곳이 좋았다. 집에서 20분 거리 안에 네 개의 대학이 있었고 그중 컴퓨터공학과가 있는 곳이 세 곳이나 있으니 선택의 폭은 넓었다.

어디를 지원할지 고민을 하고 있는데 전화가 왔다. 그의 어머니였다.

"네, 엄마."

—지금 통화 괜찮니?

"말씀하세요."

—오늘 할아버지, 할머니 기초 연금 나오는 날이라 통장을 확인했더니 글쎄 너무 적게 들어왔더구나. 그래서 동사무소에 가서 알아봤더니 네 소득이 너무 많아 줄었다고 하던데 도통 모르겠어서 전화했다.

"아!"

—왜? 뭔가 아는 일이라도 있니?

언젠가 밝혀질 일이라고 생각은 했지만 조부모님 기초 연금 때문에 밝혀질 것은 예상도 못 했다.

어차피 곧 각종 세금이 넝달아 높아질 터, 이제는 가족들도 자신의 상황을 알 때가 되었다고 생각했다.

"그건 제가 집에 가서 말씀드릴게요. 참, 그리고 형하고 누나한테 전화해서 집에 일찍 오라고 전해주세요."

—···왜? 안 좋은 일이라도 있니?

혹시나 안 좋은 일이 있는가 싶어 어머니의 목소리에는 걱정이 가득했다.

"아뇨, 좋은 일이에요."

—알았다. 네 형과 누나한테 전화해 보마.

전화를 끊은 준영은 가족들에게 어떻게 설명할지를 생각했다.

돈을 많이 벌었다고 해서 좋은 일만 있을 것이라고 생각하는 건 어리석은 짓이었다.

맹목적으로 주면 쓰는 것을 당연한 권리처럼 받아들이게 되고, 적게 주면 치사하다고 생각하는 것이 사람들의 심리였다.

현 상황은 괜찮았다. 누군가 결혼을 한 것도 아니고 혈연으로 이어진 가족들뿐이니 조율하기가 훨씬 좋았다.

'어렵군.'

어떤 방법이든 딱히 마음에 드는 건 없었다.

그저 몇 가지 상황에 따라 방법이 조금씩 바뀐다는 걸 상정하고 계획을 세울 수밖에 없었다.

'부모님의 생각이 우선인가?'

준영은 혼자 고민해 보아야 잡념만 많아질 뿐이라 생각하고 집으로 향했다.

가족이 다 모인 건 일요일 아침이었다.

아침을 먹고 할아버지, 할머니께서는 들어가시고 후식으로 과일을 먹을 때 준영의 아버지가 입을 열었다.

"오늘 모이라고 한 건 다름 아닌 준영이 때문이다."

"너, 사고 쳤니?"

누나 현영이 옆구리를 찌르며 눈을 고양이처럼 치켜떴지만 준영은 어깨만 으쓱할 뿐이었다.

"준영이가 할 말이 있다고 이렇게 모였지만 먼저 내가 한

마디 하마."

안형식은 자식들의 맏형인 호영이부터 막내인 산영이까지 한 명씩 쳐다보며 말을 이었다.

"난 너희들과 살 생각 없다. 너희 할아버지, 할머니가 살아 계실 때까지 이곳에 있다가 너희 엄마랑 실버타운에 들어갈 생각이다."

"아버지……."

호영이 안타까운 얼굴로 아버지를 불렀지만 안형식은 아무 말도 하지 말라는 듯 고개를 흔들었다.

"그냥 너희들끼리 잘 살아라. 그거면 족하다. 그리고 한마디 더 하자면 형제 남매지간에 사이좋게 지내거라. 그거면 족하다. 이젠 준영이, 네가 말하렴."

"네, 아빠."

준영은 호영과 현영을 보며 가볍게 말을 꺼냈다.

"부모님께는 벌써 말씀드렸는데 내가 우연히 만든 게임이 대박이 났어."

"에에~? 웬 게임?"

현영이 어이없다는 듯 말했고 호영은 무슨 말인지 이해가 안 되는 듯 인상을 살짝 찌푸렸다.

"이 게임이야."

준영은 스마트폰으로 게임 순위 사이트를 보여줬다.

"아! 이 게임 나, 알아. 내 남친이… 헙!"

입을 다무는 현영을 보며 빙긋 웃어주며 말을 이었다.

"꽤 인기가 좋아. 그래서 갑자기 돈이 많아졌어."

"얼마나?"

눈을 반짝반짝 빛내는 현영.

"한 달이 안 됐는데 지금까지 번 게 대충 10억이 넘어."

"……!"

"크억! 시, 시, 십억?"

호영은 표정으로 놀랐고, 현영은 온몸으로 놀랐고, 산영이는 관심이 없는지 어머니 품에서 놀고 있었다.

"응, 물론 명목상으로는 회사 돈이긴 하지만 결국엔 다 나한테 오게 되어 있어. 그래서 다들 알아두라고 이런 자리를 마련한 거고."

"무슨 말을 하고 싶은 거냐?"

호영은 짐작 가는 것이 있었다.

그는 평소처럼 말한다고 했지만 알 수 없는 감정에 자신도 모르게 목소리가 살짝 떨리는 건 어쩔 수 없었다.

"별일 아냐. 생활비는 앞으로 걱정하지 말라고. 내가 버는 것 때문에 아마 각종 세금이 많이 나오게 될 거야. 그래서 그건 내가 책임질게. 그리고 형하고 누나가 날 위해, 가족을 위해 얼마나 애썼는지 잘 알고 있어. 그래서 집을 한 채씩 사 주고 싶어."

"됐다. 사업이라는 게 어떻게 될지도 모르는 일인데 괜히 무리할 필요 없다."

"형의 마음은 잘 알았어. 하지만 내 마음엔 변함이 없어. 강제로라도 형 이름으로 살 거니까."

"안준영!"

호영의 목소리가 약간 커졌다. 하지만 부모님이 계셔서인지 모르지만 격한 감정은 없었다.

"아마 형이나 누나가 나만큼 돈을 벌었어도 지금 나처럼 했을 거야. 부담 갖지 말았으면 좋겠어. 집은 5억 선이 될 거야. 4억 짜리를 사면 1억은 가지면 되고, 6억 짜리면 1억은 알아서 해야 할 거고."

"헐! 너 진짜 안준영 맞니? 마치 우리 회사 과장처럼 정나미 없이 말한다."

"누나도 나처럼 될 거라니까."

"아니거든!"

누나 현영의 말엔 악의가 없었다. 그저 무거운 분위기를 조금이라도 없애려 하는 말이었기에 준영도 편안하게 웃으며 말할 수 있었다.

"끝으로 이런 말을 하게 된 내 입장도 생각해 줘. 말하면서도 여기 한쪽이 걸려."

준영이 자신의 심장을 툭툭 쳤다.

가만히 형제들이 하는 양을 지켜보던 어머니가 한마디 더 했다.

"내 생각을 말하마. 형제 자매지간에 콩 한쪽이라도 있으면 나눠 먹으라고 너희들을 가르쳤다. 마침 준영이가 돈이 생겼고 그걸 나눈 것이니 기분 나빠 하지 말고 받거라. 대신! 너희도 콩을 만들어 준영이와 나눌지언정 앞으로는 기대하지는 마라. 알겠니?"

"네, 어머니……."

"네, 엄마."

대화는 끝이 났다.

준영은 이 정도면 잘 끝났다고 생각됐다.

이틀간 많은 생각을 한 것에 비하면 너무나 쉽게 해결된 것이다.

홀가분하면서도 피곤했다.

담배라도 피울 겸 밖으로 나가자 역시나 호영이 담배를 피우고 있었다.

"이거 피워, 형."

준영은 호영에게 시가를 건넸다.

"취향이 아주 고급스러워졌다?"

"취미일 뿐이지. 형도 취미를 바꿔봐."

"그럴까 싶다."

두 사람은 열심히 시가 연기를 뿜어댄다. 그러다 눈을 하늘에 둔 채 호영이 말했다.

"고맙다."

"뭐가?"

"모든 게. 부모님 일도 우리 일도."

"부모님, 형과 누나 덕이지."

"훗! 그렇게 되나?"

"아빠가 퇴직했다고 했을 때 형이 여기서 내 등록금 걱정하지 말라고 했었지. 한데 사실 난 그게 더 고마워. 형은 가진 것의 모든 걸 나에게 주려고 했고, 난 그저 내가 가진 일부를 주는 것뿐이거든."

"궤변이구나. 어쨌든 우리 동생 다 컸네. 형을 위할 줄도 알고."

"사실일 뿐이야."

"그래, 그렇다고 하자. 한데 제대하고 밤마다 그렇게 컴퓨터를 하더니 그게 게임을 만들기 위해서였냐?"

"응?"

"잘 때마다 헤드셋 끼고 잤잖아. 컴퓨터 분해해 놓고 자다가 물 엎질러서 감전까지 당한 주제에 잘도 그런 게임을 만들었네."

"…하, 하, 그, 그랬지?"

준영의 표정은 새하얗게 질려 있었다.

그리고 마치 벼락이라도 맞은 사람처럼 가늘게 떨고 있었다.

"한데 사용하던 컴퓨터는?"

"내가 치워뒀다. 그때야 밤마다 끙끙대기에 이상한 짓 하는 줄 알았거든. 너 감전당한 다음에 아예 치워놨지. 그러고 보니 그동안 왜 컴퓨터를 안 찾은 거냐?"

"…까, 까맣게 잊고 있었어. 스마트폰으로 하는 게 더 편했고. 근데 어, 어디다가 놔뒀어?"

"다락방."

"머, 먼저 들어갈게."

준영은 반쯤 남은 시가를 던져 버리고 바로 집 안으로 들어갔다.

그리고 기억을 더듬어 다락방이 어디 있는지 찾았다.

"준영아, 얼굴이 왜 그래? 어디 아파?"

현영은 갑자기 자신의 방을 들어온 준영을 반기려다 창백한 얼굴을 보고 아픈지 물었지만 준영은 정신이 없었다.

"괘, 괜찮아. 나, 다락방 좀."

"그래라……."

준영은 다락방 문을 열고 위로 올라갔다.

'마, 말도 안 돼!'

패닉 상태였다.

자신의 상상이 말도 되지 않음을 알면서도 지난 몇 달간 이상했던 일들이 떠오르며 묘하게 그의 신경을 자극하고 있었다.

'여기 있다!'

먼지 쌓인 컴퓨터가 보였다.

나사를 채우지 않아 덜컹거리는 뚜껑과 그 위에 놓인 헤드셋을 보는 순간 그의 머릿속에 감춰져 있던 기억이 떠올랐다.

제대 후, 모아뒀던 돈으로 컴퓨터를 사고 그 컴퓨터를 이용해 가상현실에 접속해 야한 행위를 하는 기억이었다.

"이, 이건 말도 안 돼······."

준영은 헤드셋을 두 손으로 들고 멍하니 중얼거렸다.

왠지 모를 억울함에 눈이 뿌옇게 흐려졌다.

"젠장! 이건 말도 안 된다고오오오!"

빛 한 점 없는 다락방에서 준영은 울부짖었다.

『개척자』 2권에 계속…

용마검전
FANTASY FRONTIER SPIRIT
김재한 판타지 장편 소설

「폭염의 용제」, 「성운을 먹는 자」의 작가 김재한!
또다시 새로운 신화를 완성하다!

『용마검전』

사악한 용마족의 왕 아테인을 쓰러뜨리고
용마전쟁을 끝낸 용사 아젤!

그러나 그 대가로 받은 것은 죽음에 이르는 저주,
아젤은 저주를 풀기 위해 기나긴 잠에 빠져든다.

그로부터 220년 후……

긴 잠에서 깨어난 아젤이 본 것은
인간과 용마족이 더불어 살아가는 새로운 세상이었다.

Book Publishing CHUNGEORAM

유행이 아닌 자유추구 -
WWW.chungeoram.com

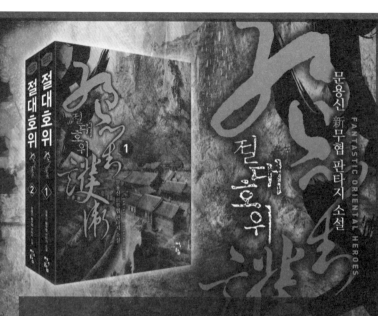

한량 아버지를 뒷바라지하며
호시탐탐 가출을 꿈꾸던 궁외수.

어린 시절 이어진 인연은
그를 세상 밖으로 이끄는데……

"내가 정혼녀 하나 못 지킬 것처럼 보여?"

글자조차 모르는 까막눈이지만,
하늘이 내린 재능과 악마의 심장은
전 무림이 그를 주목하게 한다.

"이 시간 이후 당신에겐 위협 따윈 없는 거요."

무림에 무서운 놈이 나타났다!